騎士団専属娼婦になって、
がっつり働きます！
2

MELISSA

# 騎士団専属娼婦になって、がっつり働きます！2

鶴れり

Illustrator
芦原モカ

この作品はフィクションです。
実際の人物・団体・事件などに一切関係ありません。

騎士団専属娼婦になって、がっつり働きます！2

MELISSA

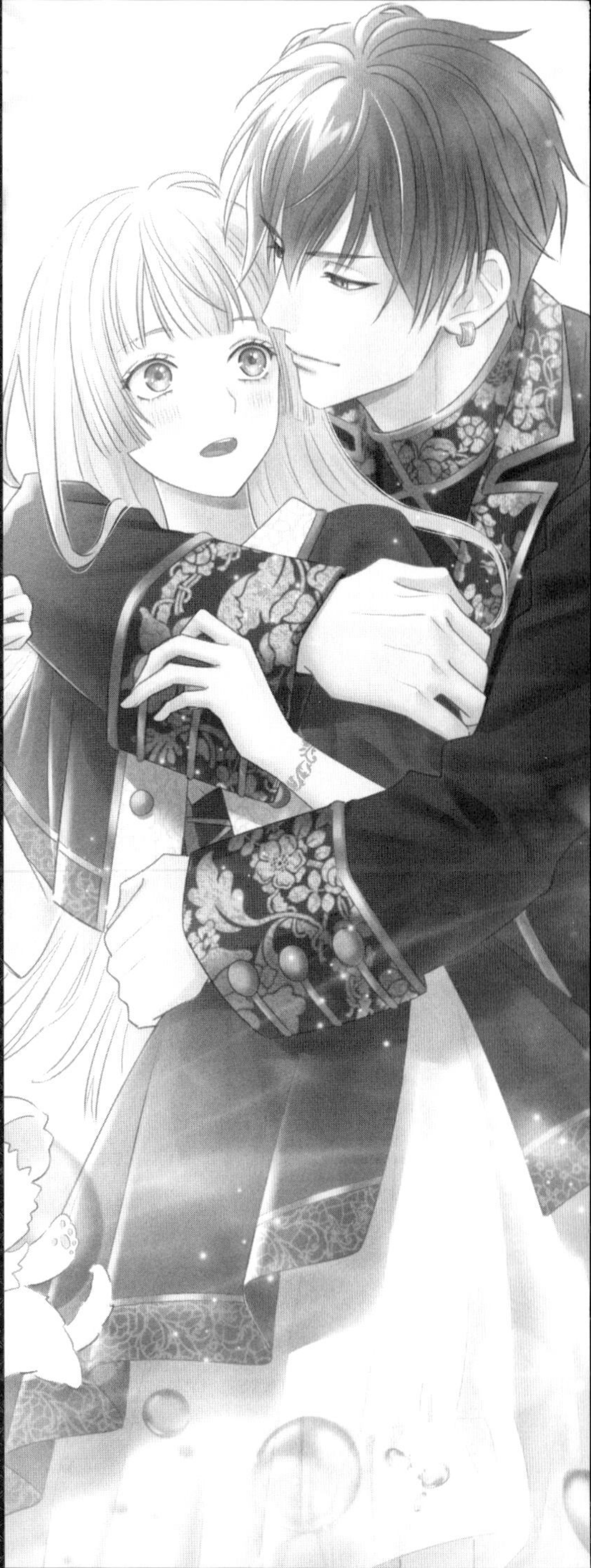

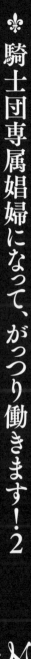

# プロローグ

「ロン様、どうしたのですか……？」

サリュマーナは愛する夫に向かって、恐る恐る声をかけた。結婚して一年が経《た》つにもかかわらず、このようなロンヴァイの表情を見るのは初めてだった。

女の勘なのか、人間の潜在意識下にある本能なのか。

目の前のロンヴァイがまるでサリュマーナを獲物のように見つめてくるものだから、勝手に足が後ずさってしまう。

――こんなロン様、見たことがない。

ロンヴァイは元々鋭い切れ長の眼をしていて、表情豊かなほうではない。冷徹そうな印象を受けることが多いくらいだ。

しかし今のロンヴァイは、橙《だいだい》色の瞳を獰猛《どうもう》に光らせてサリュマーナを見つめている――まるで飢餓寸前の獣が獲物を捕らえようとするかのように。

「逃げるな」

大好きな人からの言葉なのに、仄暗《ほのぐら》い感情が湧きあがる。

掴《つか》まれた手から、火傷《やけど》しそうなほどのロンヴァイの熱を感じて、思わずビクリと肩が震えた。

「抱きたい。サリが欲しくてたまらない……！」

体を強く押されて、ソファーの上に尻もちをついた。いつもは宝物を扱うように優しく導いてくれる手が、横暴にサリュマーナに襲いかかってくる。

逃げられないように両手首を拘束され、細い首を熱い舌がザラリと舐《な》めあげてくる。

「やっ……！　ロン様、いきなりどうしてっ」

「サリは俺専属の癒し人だろう。サリが自分でそう言ったんだ。今さら拒むなんて許さない」

確かに、言った。もう一度騎士団専属娼婦《しょうふ》になると。

その言葉を撤回するつもりはない。

けれどまるで人が変わったかのようなロンヴァイに、サリュマーナは動揺が隠せない。

「あっ、待って……！」

寝衣の上から胸を揉《も》みしだかれて、その強い力に思わず顔を歪《ゆが》ませた。そのまま強引に布をたくし上げられて、素肌を暴かれていく。

その視線が。触れ方が。ぬくもりが。

――ロン様じゃないみたい。まるで別の人みたいで……。

サリュマーナの青緑色の瞳が涙で潤む。

大好きな夫であるロンヴァイが、他の団娼婦に触れるのが嫌で。ロンヴァイに触れられるのは自分だけでありたいと望んで。

自ら志望して再び騎士団専属娼婦になった。確かに自分が選んだ道だ。

けれど、ロンヴァイに欲のはけ口のように乱暴に抱かれるなんて。そんな心を通わせない触れ合いなんて、娼婦と客そのものだ。そう思うと辛《つら》くて、胸が張り裂けそうになる。

「んん——っ！」

強引に唇を奪われる。歯と歯がぶつかり合って、まるで捕食されるかのような口づけだった。

今まで一度もこんな風に乱雑に扱われたことはなかった。だからこそ、サリュマーナは悲しくて寂しくて……怖かった。

何でロン様は突然豹変《ひょうへん》してしまったの？

私のことを、愛していないの？

これから極秘任務の遠征に同行しなければならないというのに、私は一体どうなってしまうの——？

# 一　王命による極秘任務とは

　サリユマーナは先端の尖《とが》った黒い石を布で磨いていた。手の中にすっぽりと収まる大きさの石は、サリユマーナとロンヴァイにとって、大切な品だ。

「何度見ても不思議な石ね」

　一見、道端に落ちているようなただの黒い石だけれど、魔力を宿した特別なもので一般的に『結び石』と呼ばれている。贈った人と受け取った人が必ずまた結び会えるという効力を持ち、ロンヴァイとの再会を結びつけてくれた思い出の宝物だ。

　再会前は受け取ったサリユマーナの瞳と同じ青緑色だったが、現在は効力を失ってただの黒い石となっている。

　サリユマーナは定期的にこうして丁寧に手入れをして、夫婦の寝室の棚に飾っている。

　ふと物音が聞こえて、玄関先へ向かうと先触《さきぶ》れの文を受け取った。

「今日、ロン様が帰ってくるのね……！」

　サリユマーナは文章に目を通し、ロンヴァイの帰宅時間を確認する。

　魔獣を相手に戦う黒騎士団の副団長であるロンヴァイ。王城の騎士団本部に勤めることもあるが、魔獣の棲《す》む森へ遠征に行く機会が多い。そして一度魔獣の森へ入ると一週間から二週間ほど帰ってこられないため、ロンヴァイに会えるのは久しぶりだった。

「急いで準備しなくちゃっ！」

足早に煉瓦《れんが》造りの新居に戻り、支度を始める。

功績により、小さな領地と男爵の爵位を賜ったロンヴァイは、王都から少し離れた領地に新居を構えた。二階建ての小さな屋敷は華美さも豪奢《ごうしゃ》さも一切ないが、温かみのあるお気に入りの家だ。

サリュマーナはまず浴室へ向かい、魔道具を発動させて湯を沸かした。あまり馴染《なじ》みのなかった魔道具も、ようやく一人で使いこなせるようになった
今日は既に使用人は帰ったあとなので、一人で黙々と体を清める。

とりあえず身綺麗《みぎれい》にして、それから料理人が作ってくれた料理を温めなおして、あとは……。

疲れて帰ってくるロンヴァイのために、サリュマーナは万全の準備を整えた。

凶暴な魔獣の額には、核と呼ばれる水晶状の魔力の塊がある。それを採集し、魔導士が魔石に加工することで魔道具を発動できるという仕組みだ。魔道具はビトラ国でも各所で活躍しており、なくてはならない生活必需品となっている。

そんな生活を支えるための重要な魔力の素となる核を、黒騎士団の騎士たちは命をかけて採集する。

魔獣と戦うと、その魔力にあてられて生存本能が昂《たかぶ》るようになってしまう。その本能を受け止める存在として、騎士団専属娼婦《しょうふ》――団娼婦という女性がいる。国からの要望で遠征先に赴き、成果をあげた騎士に癒しを与えるのだ。

結婚したあとロンヴァイは一度も団娼婦を指名することなく、真っ先にサリュマーナの元へ帰ってきてくれる。

遠征帰りはいつも激しく求められるから……。

サリュマーナは体の隅々まで丹念に磨きあげた。娼婦に癒しを求めるのではなく、サリュマーナだけを求めてくれるのは素直に嬉《うれ》しい。正直、鍛錬を積んだ筋肉隆々の騎士に激しく抱かれるのは大変だけれど、ロンヴァイを独《ひと》り占《じ》めできるのならこれくらいの苦労なんて些細《ささい》なことだ。

「早く、会いたいな……」

もうすぐ、会える。

はやる気持ちを抑えて、サリュマーナはお気に入りの香油を肌に垂らした。


手に持っていたカトラリーが、カシャンと音を立てて落ちる。貴族夫人としてあってはならない失態。しかし、そんなことを気にしていられる余裕は、サリュマーナになかった。

「あ、あの。今のって、私の聞き間違いですよね。だって、だってロン様がそんなこと言うはずないもの……」

サリュマーナは青と緑が混じる瞳いっぱいに涙を浮かべた。手も足も震えていて、今まで食べていたデザートのプリンの味もしなくなる。

――お願い、嘘《うそ》だと言って。

しかしサリュマーナの願いはいとも簡単に壊された。

「ごめん。本当にごめん。だけどこれは、決定事項なんだ」

謝罪の言葉を口にしながらも、その力強く鋭い双眸《そうぼう》に迷いはなかった。

この決断はもう覆すことがないのだという、ロンヴァイの確固たる意志を感じる。だからこそ、サリュマーナは悲しくて苦しくてたまらなかった。

「ひどいっ、ロン様ひどいわ……」

ついに耐えきれなくなってぽろぽろと雫《しずく》が頬をつたう。胸が張り裂けそうに痛くて、全身が氷のように冷えきっていく。

「しばらくの間、極秘任務で帰ってこられないのは仕方のないことです。私も家で大人しくロン様の帰りを待ちます。けれど、どうして騎士団専属娼婦を伴うのですか?! それも騎士一人ずつに専属の団娼婦をつけるだなんて……。ロン様は私が嫌になったの……?」

ロンヴァイは王命による特別任務を担うことになった。そのために長期間会えなくなってしまうのは、仕方がないことだ。しかし、その任務には団娼婦の同行が必須で、サリュマーナにはそれを了承のうえで見送り、家で待っていてほしいだなんて。

心を通わせたロンヴァイと結婚して一年。

今までは仕事で遠征に出かけても、団娼婦を指名することは一度たりともなかった。

それなのに今回は特別任務だからと、団娼婦を伴うことを許してほしいだなんて、そんなこと絶対に認められるわけがない。

「私に飽きて、他の女の人が良くなってしまったの?」

「違う！　決してそんなことはない。俺はサリュマーナただ一人を愛してる」

「なら何故《なぜ》団娼婦と共に行動するのですか?!　ロン様が他の女性に触れるだなんて……それを許して

家でただ待っていてほしいだなんて。そんなの、許せるはずないです……っ！」

涙が止まらない。顔がぐしゃぐしゃになっても醜く鼻水が垂れても、大好きなロンヴァイが離れていくのが嫌で、必死に懇願する。

「癒し人を伴う理由は、守秘義務で話せないんだ。ごめん、サリ……」

「いやですっ！　いやったら嫌!!」

大きく首を振って、幼子のように駄々をこねた。こんな風に子供じみた方法でしか、ロンヴァイを繋《つな》ぎ止めることができなくて、悔しくて情けない。

すると、ハッと名案を思いついた。ガタンと勢いよく椅子から立ち上がる。

「それなら私、もう一度、騎士団専属娼婦になります！」

団娼婦を伴わないといけないのなら、自分が団娼婦になればいい。そうすればロンヴァイに触れるのも触れられるのも、自分だけだ。

ロンヴァイは一瞬目を丸くしたあと「駄目だ」と強く拒否した。

「この任務は非常に危険なんだ。そんなところに、サリを連れていけるわけないだろ！」

「大丈夫です！　私、女性の割に体力はあるほうですし、過酷な環境にでも耐えられる自信があります」

「駄目だ。それに魔力に耐性のないサリは、任務に同行できない」

「それならば訓練します！　勉強でも体力作りでも、何でもしますから！」

「駄目」

「ロン様っ！」

頑《かたく》なに首を縦に振らないロンヴァイに、サリュマーナは悲しみを通り越して怒りが湧き上がってくる。

「ロン様の馬鹿馬鹿馬鹿！　頑固頭！　ずっと一緒って、離れないって言ったくせに……嘘つきっ！」

悔しくて苦しくて我慢できなくて。

どこに座っても顔を合わせられる丸テーブルをとても気に入っていたのに、それが仇《あだ》となる。

顔を見るのが辛くなって、出ていこうと扉に手をかけると、後ろから力強く抱きしめられた。

「俺だってサリがいい……サリじゃないと嫌だ。でも、何よりも大切だから。俺の命よりも大切だから、どうしても危険な目に遭わせたくないんだ。わかってくれ……」

ロンヴァイの腕が情けなく震えていて、その声はとても苦しそうで。

ロン様も辛いんだ……。

そう思うと、フッと腹の底にあった怒りが消える。

「もう一度言います。お願い、私を連れていって」

ロンヴァイの鍛えられた太い腕を掴《つか》む。

「ロン様を癒すのは……ううん、癒せるのは私だけです」

首を後ろに向けて、ロンヴァイの唇に自分のそれを押しつける。いつもサリュマーナを翻弄する悪《いた》戯《ずら》な唇が、弱々しく乾いていた。

「他の女性に、少しもロン様を渡したくないの」

聞き分けがないって言われてもいい。

わがままだって怒られてもいい。

それでも、絶対に絶対に手放したくない。

ロンヴァイは眉間に皺《しわ》を寄せながら、二つの感情の間で揺れているようだった。

しばらく考え込んだ後、低く落ち着いた声が聞こえた。

「……わかった。明日、一緒に登城しよう」

なんとかロンヴァイから了承の言葉を得た。ホッとしたのは一瞬だけで、ざわざわと胸騒ぎがする。

不安が色濃く出ているロンヴァイの表情が、サリュマーナへと伝染していく。

〝王命の極秘任務〟って一体何なの……？　ロン様がこれほど頑なになるなんて、どれほど危険なお仕事なの——？

しかしこの先にどんな困難があっても、どんな険しい道のりだったとしても、サリュマーナにロンヴァイと離れるという選択肢はなかった。


しばらく屋敷には戻らない。

覚悟を決めたサリュマーナは、ロンヴァイと共に王城へ向かった。不安がないわけではない。けれど、愛する人と一緒ならきっと大丈夫だと根拠もなく思った。

案内されるがまま、宰相室に入る。

てっきり騎士団本部へ向かうと思っていたサリュマーナは、通された部屋に恐れ慄《おのの》いた。ビトラ国の頭脳を担う宰相室には、大きな執務机と補佐官用の机が並んでおり、壁全面は分厚い本で埋め尽くされていた。

新聞で見たことのあるダロルヴァ宰相と宮廷魔導士長は、おそらく父よりも上の年代だろう。高位貴族らしい重厚感のある佇《たたず》まいで、サリュマーナは無意識のうちに背筋を伸ばしていた。

魔獣の核から魔力を抽出し、魔石に落とし込むことができる魔導士。そのなかでも特に優れた者が宮廷魔導士となれる。その証《あかし》である青いローブを身につけられる人は、国内でも数十人しかいないと聞いたことがあった。

そして部屋には黒騎士団副団長で、国随一の弓使いであるホーバード・ミュランもいる。長い艶やかな金髪の上半分をまとめた、甘い大人の雰囲気漂う美丈夫だ。

「結局なんやかんや言ってサリーちゃんを連れてきたんだね。きっとこうなると思ってたけど」

「これはサリが決めたことだ。バードは連れてきていないのか?」

「彼女は魔力耐性があるからね。今回の訓練は必要ないと判断したよ」

ロンヴァイは呆《あき》れたようにホーバードを一瞥《いちべつ》し、大きく息を吐き出した。

コホン、と宰相が咳払《せきばら》いをしたので、ロンヴァイの横に並び立つ。

宮廷魔導士長が、丸い水晶に魔石を当てると、淡い光が部屋全体を包みこんだ。

「魔道具による防音魔法を展開した。今から話すことは、全て国家機密である内容だ。決して他言しないように」

続いて宰相がゆっくりと口を開いた。

「ホーバード殿、そして君が今回偶然魔力を手にしたロンヴァイ殿か。突然自身の体に魔力を有するようになり、心労も多いことだろう。しかしこの件は一切漏洩《ろうえい》が許されない国家機密情報。本意ではないかもしれないが、君たちには王命による極秘任務に従事してもらう」

ゴクリと喉が鳴ったのは自分から発する音なのか、そうでないのかはわからない。

――偶然魔力を手にしたロンヴァイ……？

宰相の言葉が頭の中でこだまする。

宰相の目配せを受けて、宮廷魔導士長が話し始めた。

「私から詳しく話そう。ビトラ国に存在する森には、魔獣の棲まう森とそうでない森がある。その違いは『創世の泉』があるかないか、たったそれだけなのだ」

サリュマーナは生まれ育った田舎《いなか》村の森を思い出す。確かに遠征で行った魔獣の森と、何ら変わりなかった。ただ魔獣がいるかいないか、それだけなのだ。

「創世の泉から湧き出る水は、魔水と呼ばれている。見た目はただの無色透明の水だが、全ての魔力の根源である〝創世の魔力〟を含んでいる。この魔水を飲んだ動物たちは魔力を宿し、凶悪な魔獣へと変貌する。だからこの泉が森にあるかないかで、魔獣の有無が分かれるのだ。そして人間が創世の魔力を取り込むと――」

「……魔法使い」

促されるように、口から言葉が零《こぼ》れた。

ビトラ国の東に位置するギュアロス国では、魔法を自由自在に操る魔法使いが存在するというのは、有名な話だからだ。

「その通りだ。そして黒騎士団の遠征中にその創世の泉を偶然見つけ、知らずに取り込んでしまったロンヴァイ君は魔力を有してしまった」

心臓の鼓動が速まり、ドクドクと音を立てる。

まさか、ロン様が魔力を持つなんて、そんなこと夢にも思っていなかったわ。本当に、これは現実なの……？

田舎の辺境地で生まれ育ったサリュマーナは、魔道具すらあまり身近になかった。そのため魔法というものは、存在を知ってはいたけれどどこか遠い世界のものに感じていたのだ。

ホーバードが、艶やかな長い金髪を後ろへ払った。

「僕が国王陛下から直々に任を受けて、四年間も極秘に創世の泉を捜索していたのに。まさかロンが見つけてしまうなんて思ってもみませんでしたよ」

「ホーバード殿が五つの魔獣の森のうち、三つの泉を見つけてくれた。たった一人で、よくやってくれた。一国の宰相として、礼を言う」

サリュマーナは、一つの疑問が湧き上がった。

「ホーバード様が黒騎士団に在籍しているのって……」

「創世の泉を探す任務を遂行するためだよ。黒騎士団の騎士なら頻繁に魔獣の森に出入りしていてもおかしくないからね」

なるほど、と合点がいく。ビトラ国で王家の血筋に近いミュラン公爵家の嫡男であるホーバード。その彼が平民出身者の多い実力主義の黒騎士団にいるのは、違和感がある。

サリュマーナは今まで特に気に留めていなかったが、極秘任務に従事するためならば十分納得できる話であった。

話を戻すように、宰相が咳払いをする。

「魔獣がいるのに創世の泉が見つかっていない森は残りあと一つ、東に位置する魔獣の森だ。しかし東の森は広大で、川が入り組んだ複雑な地形をしており、捜索が難航するだろうと思われる。それに今回のように、誤って騎士が魔水を飲んでしまう事態も避けたい……。一刻も早く泉を見つけなければならないんだ。そこでロンヴァイ殿には魔法を扱う騎士——つまり魔法騎士となり、この極秘任務を早急に遂行してもらいたい」

「はい。承りました」

ロンヴァイは深く頭を下げた。

「そしてホーバード殿は以前、極秘任務を最後まで遂行したいと魔導士長に進言していたな。たとえ魔法騎士となれと言っても、その意思に変わりはないか？」

「はい。僕はビトラ国中を四年も捜索したのです。一介の騎士が探せる範囲に、泉はありません。魔法の力がなければ辿《たど》り着けないところに、残された泉はあると確信しています。それに、魔法騎士がロン一人では流石《さすが》に心許《こころもと》ないでしょう？」

ホーバードの迷いのない声に、宰相はフッと表情を緩めた。

「君ならきっとそう言うだろうと思っていた」

「寛大なお心に感謝いたします」

柔和な笑みを浮かべたホーバードは、満足そうに礼をした。

宮廷魔導士長が話を戻すように口を開く。

「魔獣の棲む森の中で過ごす、大変危険な任務になる。多くの魔獣がいるなか、魔力耐性のない者は魔力酔いを起こす可能性が高い。しかし今回の極秘任務には癒し人の協力も必要不可欠。そこで魔法を学び命を守るためにも、君たち三人には今からギュアロス国で修行を積んできてもらう。友好国であり、なおかつ魔法の技術が最も進んでいる国だ」

隣国で鍛錬を積めば間違いないと言わんばかりに、宰相も強く頷《うなず》いた。

「ギュアロス国には既に話をつけている。サリュマーナ殿は魔力の耐性をつけ、魔法の知識をつけ、魔法騎士の癒しとなれるように。ホーバード殿は魔力を宿し、二人は魔法騎士として魔法の基礎を学んできてもらう。期間は、ひと月だ」

「かしこまりました」

男性二人の騎士礼に合わせて、サリュマーナも淑女の礼をとる。

――まさかこんな危険で、責任重大な任務だなんて。

ロンヴァイが駄目だと強く拒否した理由に納得する。しかしだからといって自分以外の団娼婦がロンヴァイに触れて良いのかは別問題だけれど。

隣に立つロンヴァイの顔色を窺《うかが》うと、瞳には燃えるような炎が灯《とも》っていた。

ロン様と一緒なら、きっと大丈夫。

ふと目が合って、サリュマーナはふわりと微笑《ほほえ》んだ。それにつられるように、ロンヴァイも表情を緩める。

左の耳朶《みみたぶ》に触れると、ロンヴァイと揃《そろ》いの耳環の感触があって、サリュマーナに強い安心感をもたらした。

「では、これより早速隣国へと向かってもらおう。ギュアロス国は魔獣の棲む森に囲まれた小国のため、安全を考慮して王城地下にある転移陣での移動となる」

宮廷魔導士長のあとに続いて、場所を移動する。

長い階段を降り、薄暗い地下に入ると、そこには大きく魔法陣が描かれていた。

「では三人は中央に立って」

指示された通りに中央に並び立つ。

「サリ、手を」

手を差し出され、それを素直に握りしめた。掌《てのひら》から伝わるロンヴァイの体温が温かくて、無性に安心した。

「では移動を開始する。君たちの無事の帰還を待っているよ」

杖《つえ》のような魔道具から魔法陣に魔力が注がれ、眩《まばゆ》い光が放たれる。

目を開けていられないほどの明るさに、サリュマーナは強く瞼《まぶた》を閉じた。

しばらくすると足裏の感覚がなくなり、ぐにゃりと内臓が掻《か》き回されるような不快感が襲ってくる。

サリュマーナにとって初めての転移。初めての異国。

不安で押しつぶされそうになりながらも、繋がった掌を強く握りしめた。

## 二　未知なるものへの覚悟（ロンヴァイ視点）

体が無理矢理捻《ね》じれるような不快感の中、ロンヴァイはこんな事態になってしまったことを悔やんでいた。

俺が魔水さえ飲まなければ、サリを危険な任務に付き合わせることなんてなかったのに――……。

あの日。

ロンヴァイ・ググルはいつものように剣、槍《やり》、弓の三つの武器を抱えて、見慣れた魔獣の森を歩いていた。

第三黒騎士団・第一編成部隊の副団長として、ビトラ国北東にある魔獣の棲《す》む森で核採集を行っていた。

腰袋には採集した魔獣の核が数十個入っており、歩くたびにコツコツとぶつかり合っていた。

「喉が渇いたな」

今日は気温も高く、空気が乾燥している。

持ち運んでいる水筒も既に空になってしまった。一度野営地へ戻ろうかと考えていると、ふとどこからか小さな水音が聞こえてくる。

おそらくどこかに水源がある。そう確信して耳を研ぎ澄まし、音の発生源のところに向かっていく。

岩の崖の間から、チョロチョロと水が出ているのを発見した。

「あんなところに湧き水があるなんて、知らなかったな」

断崖絶壁で少々危険だが、水源まではそう遠くないし足の踏み場もある。

ロンヴァイは慎重に足を運び、その湧き水を手で掬《すく》って口に含んだ。無味無臭で透明、清潔な水だ。

その瞬間ズキ、とこめかみの奥が痛む。

しかしそれは一瞬の出来事だったので、特に気に留めず水筒に水を汲《く》み、飲み干した。相当喉が渇いていたロンヴァイは、それを五回繰り返して胃を満たす。

水分補給のためにわざわざ野営地に戻る手間が省けて、幸運だったと純粋に喜んだ。

そのあとは再び水筒をいっぱいにし、崖を登った。

「ここに水源があるなんて地図には載っていなかったな。あとで報告しておかないと」

黒騎士団が管理している魔獣の棲む森の地図には、魔獣の出没場所だけではなく標高の高低差や土の性質、沼や川などの水源の場所が事細かく記載されている。この地形を頭の中に入れ、効率よく狩りを行うのだ。

ロンヴァイは愛用の三つの武器を抱え直し、魔獣の森を歩き始める。

——なんだか、身体《からだ》が妙な感じがするな……。

先程一気に大量の水を飲んだせいか、全身に何かが巡っているような、不思議な感覚があった。初めは摂取した水分を体が取り込んでいるのかくらいに軽く考えていたのだが、歩き始めてしばらく経《た》ってもその違和感がなくならない。

しかし体調不良というほどではないため、ロンヴァイは狩りを続行した。

いつものように魔獣を見つけると、その特性や特徴を加味して最適な武器を選び、急所に攻撃を当てる。

『一撃必殺のロンヴァイ』と言われることがあったが、その通り一回の攻撃で的確に魔獣の動きを封じる。

額から伸びる水晶のような色鮮やかな核を、慣れた手つきで刈り取った。

「そろそろ野営地のほうへ戻り始めるか」

太陽の位置を確認しておおよその時刻を計算し、野営地のある方向へと歩き始めた。

「ロン、調子はどう？」

「まぁ、いつも通りだな」

偶然ホーバードと遭遇し、二人並んで森の中を進む。

同じ副団長のホーバード・ミュランは高位貴族らしい風格の美丈夫だ。平民出身が多い武骨な黒騎士団にいるのが全く似合わないほど、上品な顔立ちをしている。

騎士見習いの頃から付き合いがあるが、いまだにこの男の考えていることはよくわからない。

「そういえば、崖のところに新たな水源を発見した。あとでギロック団長にも報告するが」

「……ロン、水源って言った？」

「あぁ。それがどうした」

「何処《どこ》で?!」

「いやだから、野営地から南南東に進んだ先にある崖」

「うわ、嘘《うそ》でしょ……」

常に冷静で落ち着きのあるホーバードが、珍しく動揺している。何をそんなに慌てているのか。

「もしかしてその水飲んでないよね？」

「いや、普通飲むだろ」

「…………り、量は？」

「喉が渇いていたから、この水筒で五杯分飲んだ。その水を汲んで残り半分くらい残ってるから、五杯と半分くらいか？」

「うそ……」

普段の飄々《ひょうひょう》とした余裕は一切なく、顔が青ざめている。

ただ湧き水を飲んだだけで、この反応は一体何なのだろう。ホーバードの意外な態度に眉を顰《ひそ》める。

「ロン、ちょっと待って。今確認するから」

ホーバードはそう言うと、上着の内ポケットから魔道具らしきモノクルを取り出した。それを目にかけ、ロンヴァイを頭から足先まで凝視する。

「はあぁ……。なんてことだ。ロン、体調悪くない？」

「さっきから全身を何かがぐるぐると回っているような変な感覚はある。けど別に大したことじゃない。それよりもさっきからなんだよ」

するとホーバードに肩を強く掴《つか》まれた。垂れ目がちな眼を真っ直ぐ向けられて、低い声で諭される。

「今から野営地へ戻ってすぐに王城へ行くよ。あと、その水筒の水はもう飲んではいけない」

「……この水に何かあるのか？」

「それは守秘義務があるから僕の口からは言えない。でも……もうロンには隠せないだろうなぁ」

ホーバードは重たい溜《た》め息をついた。

いつも感情の揺れがなく、冷静で優美に微笑《ほほえ》んでいるホーバードの異常な態度を見て、ただならぬ雰囲気を感じ取った。

「わかった。すぐに城へ行こう」

足のスピードを速める。

先程から治る気配のない体の違和感に、ロンヴァイは胸騒ぎがするほどの恐怖を感じた。

野営地へ戻った二人はすぐにギロック団長に伝言を残し、伝書鳩で先触《さきぶ》れを出す。そして軍馬に跨《また》がると、最速で王都を目指した。


王城に到着すると裏口から城内に入る。ホーバードと共に応接室に入室すると、そこには青いローブを身にまとった宮廷魔導士長が出迎えてくれた。穏やかな笑みの向こうに、真偽を見定めるかのような鋭さを感じる。

意外な人物の出迎えを不思議に思っていると、ソファーを勧められた。大人しく着席し、向かい合う。

「二人ともよく来たね。ロンヴァイ君、気分はどうだい？」

「大丈夫です」

「そうか。では、まず確認させてもらうよ」

中性的な顔立ちで気品のある紳士は、蒼《あお》い魔石が輝くモノクルをかける。そしてゆっくりとロンヴァイを一瞥《いちべつ》した。

ふぅ、と神妙な面持《おもも》ちで嘆息した宮廷魔導士長の姿に、緊張が走る。

「……魔導士長、やはりロンは魔力を得てしまったんですね」

「あぁ。ホーバード君の言った通りだ」

「申し訳ありません。僕が至らなかったばかりに」

「いや。君はよくやってくれているよ」

二人の会話が理解できず黙り込んでいると、宮廷魔導士長は一から全てを説明してくれた。

創世の魔力と呼ばれる魔力を、意図せずロンヴァイが摂取してしまった。それにより魔力を有してしまったことを説明され、唖然《あぜん》とする。

まさかあの湧き水に魔力が含まれていただなんて……。

全身に走る不快感の正体を知り、信じられないというのが正直な感想だった。

「我が国ビトラでは、創世の魔力の研究が進んでいない。魔水の成分についてはこれから調査を進めて、人体に安全なものかを検証する予定だったんだけれどね……。とにかく何事もなくて良かったよ」

宮廷魔導士長の言葉に、魔水を飲んだ行為はいかに危険だったかを理解した。

森に棲む魔獣たちは、この魔水を飲んで魔獣となる。人間が飲んでも安全かどうかは、立証されていなかったのだ。

体に違和感はあるものの不調というほどではないし、理性や感情も以前となんら変わりはない。

「ははっ、よかったねロン、魔獣にならなくて」

「あぁ、俺が獣になったら真っ先にバードを攻撃しただろうからな。命拾いしたな」

あっけらかんと笑うホーバードをギロリと睨《にら》みつける。こんなときまで、なんて緊張感のない男だと呆《あき》れた。

「魔導士長、このような想定外の事態となってしまいましたが、僕は最後までこの極秘任務を完遂したいと思っています」

「そうか。今後については情報を精査してから、また改めて伝えさせてもらうよ。もちろん、ホーバード君の意思を尊重するつもりだから」

「お心遣いに感謝します」

飄々としていて掴みどころのないホーバードだが、仕事に関してはきっちりとこなす男だ。ホーバードなりに仕事に対する誇りがあったのだろう。流石《さすが》に四年も頑張ってきたのだから、途中で投げ出すことだけは避けたいようだ。

「この件については、一切他言無用だ。それと、ロンヴァイ君にはこのあと身体検査をさせてもらうよ」

「わかりました。お願いします」

健康のために体を診《み》てもらうのは、ロンヴァイとしてもありがたい提案だ。

「以前のように黒騎士団の仕事はできなくなるだろう。それに経過を観察したいから、しばらくは私の近くで過ごしてもらうことになる」

「わかりました」

……ということは当分サリには会えないのか。サリは俺が魔力を有したと知ったら、どう思うのだろう。

最愛の妻の笑顔を思い出して、胸がチクリと痛む。

今のところ体や外見に大きな変化はないけれど、魔力が体に馴染《なじ》むことで変わることもあるかもしれない。なにせ、魔力については知られていないことのほうが多いのだ。

宮廷魔導士長に検査してもらい、安全を確約してもらえるまではサリュマーナに会えない。

「大丈夫、すぐに家に帰れるよ。多分ね」

「バードが言うと、全てが嘘くさくなる」

長年の付き合いのせいか、ロンヴァイの機敏を鋭く察したホーバードが適当なことを言ってきた。

「既に魔力を取り込んでしまったのだから、もう仕方ないよ。なるようにしかならないさ。ロンならまぁ、どうにかなるでしょ」

「全然説得力ないな」

ふっと表情が緩む。そのおかげか、緊張して固まっていた肩の力が幾分か抜けた気がした。

確かにホーバードが言う通り、もう取り返しがつかないのだ。魔力があろうとなかろうと、自分は自分。サリュマーナへの愛も何も変わらない――いや、絶対に変えさせない。

未知なる魔力というものと向き合う覚悟が決まった。

これからは身を置く環境が大きく変わるだろう。けれど隣にはサリュマーナがいてほしい。そのためだったら、ロンヴァイはどんな困難も乗り越えられる気がした――。

酩酊《めいてい》したかのような気持ち悪さのなか、ロンヴァイは繋《つな》がれた手を力強く握りしめる。

ギュアロス国へ行き、魔法騎士としてもっともっと強くなってみせると固く心に誓った。

三　いざ、隣国ギュアロスへ

少しだけ不快感が落ち着いてくると同時に、足裏に床の感覚が戻ってくる。

瞼《まぶた》の裏に輝いていた光が徐々に小さくなっていく。

ゆっくりと目を見開いた瞬間、内臓を握り潰されたような痛みに襲われて、サリュマーナは思わずよろけてしまった。

「……っ」

「サリ、大丈夫か？」

ロンヴァイと手を繋《つな》いでいてよかった。

転移による魔力酔いで立てなくなったサリュマーナを、ロンヴァイは軽々と抱き上げてくれた。

「ようこそ、ギュアロス国へ。僕はネイトフォード。君がロンヴァイだね」

「はい。はじめまして。ロンヴァイ・ググルです」

フラフラとしながらも、声の主のほうへ視線を向ける。

黄味の強い肌はいかにも異国人らしい風貌で、灰色と黒色が混じった髪はネイトフォードの快活さを感じさせた。瞳は金色かと思いきや、よく見ると紅色が混じっていて宝玉のような美しさだった。

「ホーバードは変わらず元気そうだな。……その女は？」

「今回の極秘任務に同行する癒し人ですよ。今回魔法についてご教示いただけるとのこと、大変感謝しております」

ホーバードが左胸に手を当て、恭《うやうや》しく頭を下げた。ビトラ国の三大貴族であるホーバードが敬意を示すネイトフォードという男性は、おそらく高貴な身分の相手なのだろう。

「へぇ、そんな魔力耐性のない女なんて、邪魔になるだけじゃない？　もっと別の女に替えたほうがいい気がするけどな」

「あっ、あの。体調が優れないのなら、早く横になったほうがよろしいかと……」

ネイトフォードの後ろから、小柄な女性が顔を出した。灰色と黒色の二色分かれになったふわふわな髪に、赤紫色の瞳が印象的な可愛《かわい》らしい女性だった。

「あぁ、紹介が遅れたね。彼女はベルナ・レグアーガ。僕の婚約者なんだ。女性が来ると聞いていたから同性のほうが良いだろうと思ったんだけど……この様子じゃあ、必要なかったかもしれないね」

「ネイトフォード様、は、早く移動しましょう？」

ベルナが急《せ》かすように上着の裾を引くと、ネイトフォードはくるりと踵《きびす》を返し、地上へ続く階段を上っていった。

ロンヴァイに抱きかかえられたまま、地上へ出ると応接室に通される。

「ロン様、ごめんなさい……」

「サリが謝ることはない」

ソファーへ座り、しばらくするとようやく酩酊《めいてい》感がおさまってきた。

ネイトフォードとベルナ、そしてホーバードとロンヴァイの五人で向かい合う。

「改めまして、ネイトフォード様……」

「ネイトで良い。堅苦しいのは嫌いなんだ。それにビトラ国の人とは対等な関係でありたいと思っているからね」

「わかりましたよ、ネイト様」

ホーバードは以前からネイトフォードと面識があるのだろう。気さくなやり取りからそのように思った。

「それよりも……おい女。転移くらいで魔力酔いを起こすなんて、相当訓練を積まないといけないけど、本当にできるの？」

「見苦しいところをお見せして申し訳ありません。私はサリュマーナと申します。もちろん、承知のうえで参りました。確かにネイト様が仰《おっしゃ》る通り、魔力耐性はありませんが、このギュアロス国で修練を積み必ず強くなってみせます」

明らかにお荷物な自分は歓迎されていない。けれど、だからといって引き返すわけにはいかないのだ。

サリュマーナは怪訝《けげん》そうなネイトフォードを、真っ直ぐに見返した。

「それも、いつまで保《も》つかな」

挑発するように上から見下ろされ、カチンと頭にくる。

なんなの、この失礼な人……！

しかしこれから魔法について教えを賜る身だ。初対面で印象を悪くするわけにはいかない……となんとか歯を食いしばった。

「あの！　早速ではありますが、ホーバード様にはこちらに用意した魔水を飲んでもらいます。水質の安全性を確認したものですので、安心してお飲みください」

不穏な空気を遮るように、ベルナが声を張り上げた。

「……この量を全部？」

「はい。本来は一年かけて少量ずつ摂取するのですが、常日頃から魔獣討伐をしている騎士様ならば、高い魔力耐性があるので一度に大量摂取しても問題ないと思います」

ベルナはにこにこと笑みを浮かべながら、ローテーブルに置かれた大きな水差しをホーバードの前へ移動させた。

「あー、ご飯抜いてくればよかったなぁ」と独《ひと》り言《ごと》を言いながら、ホーバードは躊躇《ちゅうちょ》なく魔水の入ったグラスに口をつけた。

「っ！」

その瞬間、ホーバードの女神のような美しいかんばせが歪《ゆが》む。

「あっ、ごめんなさいっ。副作用で頭痛を起こす可能性があると、最初に説明するように言われていたのに、すっかり忘れていました……！」

眉をハの字に下げたベルナが、「すみません、すみません」と何度も頭を下げる。

「そう、忘れてたのなら、仕方ないね……」

「本当にごめんなさいっ」

「そういえば、俺もそうだったな」

ロンヴァイも思い出したように発言した。

サリュマーナはホーバードが手にしているグラスをまじまじと見つめる。

宮廷魔導士長から聞いてはいたものの、実際目の前にある魔水は、本当にただの水にしか見えない。

無色透明でサラサラとしている。

結び石といい、魔水といい、特別不思議な見た目をしていないから、どうしても現実味が湧いてこない。

いかにも魔力が含まれてます！　と言わんばかりのわかりやすい色や形をしていてくれれば良いのにと思う。

「ロンヴァイはたまたま創世の泉を見つけ、魔水を飲んだらしいな」

「はい。本当に偶然……」

「発見したのがロンヴァイでよかったな。もし創世の泉が別の者に見つけられ、占拠されていたら戦争が始まっていたかもしれない」

ネイトフォードの話によると、創世の泉の存在が広く知れ渡ってしまうと、人々がそれを求めて争いを始めてしまう危険があった。もし、創世の泉から湧き出る魔力を取り込めば、魔法の素質のある者は魔法使いになる可能性がある。魔法使いの存在しないビトラ国で魔法使いとなれば、魔法を使って善も悪事も為せるようになってしまう――。

だからこそ早急にビトラ国にある全ての創世の泉を見つけ出し、国が管理し守らなければならない。

サリュマーナは、改めてこの極秘任務の重要性を認識した。

「この部屋はやたらと竜を模したものが多いですね。ギュアロス国で流行《はや》っているのですか？」

魔水を飲む姿を観察していたサリュマーナは、ロンヴァイの言葉にぐるりと部屋全体を見渡した。

石造りの壁の角には竜の形をした石像があった。それだけでなく、扉や天井にも大きく竜が描かれている。確かにロンヴァイの指摘通り、竜を模《かたど》ったものは多い。

「ギュアロス国では竜は神の遣いであると考えられていて、畏怖される生き物の象徴なんだ。この国は魔獣の森に囲まれていて、いかなる時も強固な防御結界魔法を張り、国と民を守らなければならない。その戒めとして、恐ろしい存在である竜の姿を王城のあちこちに施してあるんだ。常に危機意識を持つようにね」

「なるほど」

普段魔獣と対峙《たいじ》しているロンヴァイは、そのおどろおどろしさをよく理解している。サリュマーナもたった一度の遠征同行だったが、魔獣に襲われかけたのでその恐さは身をもって知っている。

その凶暴な魔獣を従える竜は、ギュアロス国では畏怖される象徴となったのだ。

竜なんて存在すら確認されていないのに、ギュアロス国の人はきっと竜がいると信じているのね。国が変わると、思想や文化も異なるのね……。

特に魔獣の森があちこちに点在しているビトラ国とは異なり、このギュアロス国は完全に包囲されていて逃げ場がない。だからこそ神の遣いとして竜が存在するという思想が、深く根付いたのかもしれない。

ギュアロス国の人たちは、絶対的強者である竜を常に視界に入るようにし、程よい緊張感を保っているのだ。

「僕たちは強い結界を張り巡らせて国を守っている。決して森に足を踏み入れることはしない。積極的に森に入り、魔獣と対峙するビトラ国の騎士には理解しがたいかもしれないけどね」

「こう見えても、ネイトフォード様はギュアロス国で一番強固な結界を張ることができる、魔法騎士なのですよっ！」

「まぁ、な」

実力のある魔法騎士だと紹介され、ネイトフォードは満足そうに頷《うなず》いていた。本人は気づいていないのかもしれないが、口端まで上がっている。

ネイト様って博学で魔法の技術も一流だけど、単純な人なのね……。

先程までは高慢な人だという印象だったが、やり取りを見ているとある意味貴族らしくない貴族男性だと思った。本性を隠し、腹の探り合いをする貴族とは違って自分の心を正直に表す、素直な性格の人なのだ。

ネイトフォードは男性の割には小柄で、顔つきも可愛らしく、成人前のようなあどけなさがあった。能力の高さ故、きっと今回の指南役に選ばれたに違いない。

「今回の魔法の鍛錬に関しては、両国極秘で取り組むことになっている。今後は基本的に僕とベルの二人で魔法の扱いを教えていくことになるから」

「私なんて指導役に相応《ふさわ》しくないとわかってはいるのですが、選ばれたからには精一杯努めますので……どうかよろしくお願いしますっ」

自信なさげに眉を下げ、低頭するベルナの頭に、ネイトフォードがぽんと手を乗せた。

「ベルの魔力量と、魔法に関する知識は折り紙付きだ。わからないことは色々と聞いてみるといいよ」

「そんなそんな……ネイトフォード様と比べると蟻《あり》のようなものですわ」

必死にかぶりを振るベルナとは対照的に、ネイトフォードは脚を組み、堂々たる佇《たたず》まいだった。

「優秀なお二方にご指導いただけるなんて光栄です」

サリュマーナは愛想よくにこりと微笑《ほほえ》んだ。

「うぅ、飲んだ……もうしばらく水はいいかな……」

大量の魔水を飲み干したホーバードは、苦しそうに胃を押さえていた。

休憩を挟んだあと、早速訓練を開始することになった。サリュマーナはベルナから魔力耐性をつける訓練を、ロンヴァイとホーバードはネイトフォードから魔法の扱い方の指導を受けることになった。

「人は多かれ少なかれ、生まれつき魔法の耐性を持っています。王族の血筋に近いほど……つまり高位貴族ほど耐性は高まる傾向にあります」

「私の出身は男爵家なので、元々持っている耐性が低いのですね……」

「でも訓練次第で高めることは十分にできますので、気を落とさないでくださいね。そしてこの魔石には様々な属性の魔力を込めてあります。初めはこの魔石の近くで過ごし、徐々に距離を詰め、最終的には手で持ってもらいます」

テーブルに置かれた丸い水晶を見つめる。今は魔封じの布がかけられているので、魔力酔いを起こすことはない。

「はい。頑張ります……っ！」

ベルナが布を取り払った瞬間、くらりと眩暈《めまい》がした。ふた歩幅ほど距離があるにもかかわらず、じわじわとサリュマーナの身体《からだ》を蝕《むしば》んでいく。

――こんなにしんどい訓練だなんて……。けれどこれを乗り越えなきゃ、遠征同行なんてできない。耐えなきゃ。頑張らなくちゃ……。

ひたすら魔石から放たれる魔力に耐え、体調不良が限界に達するとしばらく休む。

それを繰り返すうちに少しずつではあるが、耐えられる時間が伸びてきた。

「たくさん頑張りましたね！　今日はこれくらいにしておきましょうか」

「はい。ご指導ありがとうございました。ベルナ様の推察では、あと何日くらいでこの水晶を持てるようになるでしょうか？」

「そうですね。今見た様子ですと早くて二ヶ月、このままのペースですと三ヶ月程度は必要かと思われます」

「三ヶ月……」

思っていたよりも耐性をつけるのは大変な試練のようだ。

もともとダロルヴァ宰相から提示されていたギュアロス国での訓練期間は一ヶ月ほど。このままでは極秘任務の同行に間に合わない。

「なんとか早く魔力の耐性をつける方法はないのでしょうか？」

「方法はありますよ。魔力を操る者が、他者に対して守りの加護を授けることができます。『魔法痕』というものでして、魔法陣を体に刻むのです。そうすれば施された人の耐性が、飛躍的に高まります」

「魔法痕……」

魔法陣を通して、術者の魔力を身体にまとうことで、耐性を得るのだという。サリュマーナには聞き馴染《なじ》みのない言葉だが、なんとなくその仕組みは理解できる気がした。

ベルナが「あれ、これって伝えて良かったかしら……？　まぁいいでしょう」とぶつぶつと言葉を漏らしていたが、聞き流した。

「魔法痕は悪意や害意をはねのける、守護の効果があります。あまり強いものではありませんので、お守り程度ですけれど。魔法痕は家族やパートナーに施していただく場合がほとんどです。サリュマーナ様もロンヴァイ様にお願いしますか？」

「そうですね。ロン様がよろしければ……」

「わかりました。ではサリュマーナ様はここで少し休んでいてください。私が話をしてきますね」

そう言ってベルナは部屋から退出した。

しばらくの間、休憩しているとベルナが戻ってきた。

一人ではなく、別の場所で魔法の訓練をしていたロンヴァイを連れていた。

「サリ、体調は大丈夫か？」

「はい。休み休みすれば、なんとか……」

ロンヴァイは黒騎士団の隊服を着崩し、汗をかいていた。訓練の途中に抜け出してきてくれたのだろう。サリュマーナの顔色を確かめるように目と目を合わせる。

「詳細はベルナ様から聞いた。俺がサリに魔法痕を授ける、それでもいいか？」

「私は嬉《うれ》しいです。でも、ロン様に迷惑をかけてばかりで……」

「迷惑じゃない。これでサリを少しでも守れるのなら、俺も嬉しい」

ふわりと優しくロンヴァイが微笑むものだから、つられてサリュマーナの顔面が赤くなった。

「本当に……よろしいのですね？」

「はい」

ベルナの問いかけにロンヴァイは即答する。どうしてか、ベルナは申し訳なさそうに眉を下げていた。

「ロンヴァイ様の了承を得ましたので、今から魔法痕を刻んでもらいます。サリュマーナ様、左手を出してください」

促されて左手を上げると、そこにロンヴァイの両手が添えられた。

『サリに守りの加護を』

「きゃ……！」

ロンヴァイが言葉を紡《つむ》ぐと、突如橙《だいだい》色の光が弾《はじ》けた。それは徐々に小さくなり手首に吸い込まれるように消えていった。

左手首にはまるで蔦《つた》のような文様が刻まれており、サリュマーナはそれをまじまじと見つめた。

これが魔法……！　と神秘的な光景に胸が高鳴る。

ロンヴァイが魔法を行使したところを目にして、改めて魔法騎士になったことを実感した。

「サリが俺の魔力をまとうのは……気分が良いな」

ロンヴァイは嬉しそうにはにかんで、腕輪のような痕に唇を落とした。

「私も、いつも近くにロン様がいてくれるみたいで……すごく心強いです。ありがとうございます」

二人は視線を合わせて幸せそうに微笑み合った。

魔力の耐性をつけることが目的ではあったものの、加護を受け、ロンヴァイの魔力を身に宿したことが純粋に嬉しかった。

「お二人は仲がよろしいのですね」

そんな二人の様子を、ベルナは羨望《せんぼう》のまなざしで見つめていた。

＊＊＊

夜は二国間の友好を祝し、ささやかな晩餐《ばんさん》会が催されることになった。

今回の訓練は極秘で行われているため、王城の離れにある小さな会議室で開かれた。

「わぁ……！」

テーブルクロスが見えないほど、たくさんの大皿が並んでいる。

肉と野菜を香辛料で蒸し煮にした鍋や包み揚げ料理、骨付き肉の煮込みなど、ビトラ国では目にしたことのないものばかりだ。

「ギュアロス国の伝統料理だ。思う存分堪能していってくれ」

急な訪問にもかかわらず、快く指導役を請け負ってくれたうえ、このような歓迎会を用意してくれるなんて。

ありがたみを感じながら、給仕係が皿に料理を盛りつける様子をワクワクと見つめる。

全員分の料理が揃《そろ》ったところで、晩餐が始まった。

グラスを掲げたあと、異国料理に舌鼓《したつづみ》を打つ。

「美味《おい》しいぃ……！」

見慣れない香辛料は初めての味だったけれど、食材の味がよく引き立てられていた。流石《さすが》、王城の料理人は素晴らしい。

盛りつけの見た目まで美しくて、その細やかな心遣いに感動する。

「喜んでくれたようでなによりだ」

「ギュアロス国では大きなお皿に盛った料理を、小皿に取り分けていくのですね」

ビトラ国では前菜、スープ、メイン、デザートと順番に料理が運ばれてくることが一般的だ。ここでも文化の違いに、サリュマーナは驚いた。

「あぁ……」

何気ない言葉に、ネイトフォードは表情を曇らせる。

何か変なことでも言ってしまったかしら……？

サリュマーナが視線を彷徨《さまよ》わせていると、ネイトフォードの代わりにベルナが答えてくれた。

「ここは魔獣の森に囲まれた孤立した国です。領土が限られているので、食料はとても貴重なのです。各々《おのおの》食べられる分だけを取ることで、料理の廃棄量を減らしているのですよ」

持っていたカトラリーを置くと、ネイトフォードはゆっくりと顔を上げた。

「……隠していても仕方ないか。この国は人口が増え続けているのに対して、領土は変わらない。いずれ、食糧難に陥る可能性がある。そうなれば内政は破綻していくだろう」

人間は増え続けていくのに対し、土地は限られている。そのうち農作物を育てる栄養豊富な土が不足し、家畜の数も追いつかなくなるだろう。

飢えるようになれば、民の怒りの矛先は当然王家や領主である貴族へと向けられる。

「もちろん、そうさせないために色々と手を尽くしている。その一つとしてビトラ国との強固な友好関係を維持することが、解決の糸口となってくれることを望んでいる」

その最悪の事態を回避するためビトラ国と親密になり、もしものときの協力関係を構築するのだ。

「そうだったのですね。ただ食文化の違いかと……軽率な発言をして申し訳ありません」

「いや、いいんだ」

ギュアロス国の抱える国家問題を知り、今回の好待遇に納得する。

魔法の知識や技術に秀でているギュアロス国が、今回の魔法の指導を友好的に引き受けてくれたのは、この持ちつ持たれつの関係性によって成り立っていたのだ。二国は互いの弱いところを補い合っている。

複雑な国家事情があったことに驚きつつ、サリュマーナは不思議な味の料理を一口一口噛《か》みしめて味わった。

ふと、ネイトフォードの皿が目についた。

あれ、茶色いものしかのっていない……？

「ところで、ネイト様はお肉しか召し上がらないのですか？」

「んぐっ」

喉に詰まらせたのか、胸を叩《たた》きながら慌てて水を飲んでいた。

あからさまな態度に、これはおそらく確信犯だなと容易に想像がついた。

「僕は食べる順番にこだわりがあるんだっ」

「へぇー。そうなのですね」

サリュマーナは食の好き嫌いが多い弟のボルドーとヒューデを思い出して、姉としての目線でネイトフォードを見つめてしまう。

食品の廃棄を減らすために、大皿からよそうのではなかったのか。好きな具材だけを取るのは、いかがなものか。

「先程からネイト様のお皿に、一切お野菜がないのは何故《なぜ》なのです？」

「サ、サリュマーナが見ていないだけで、きちんと食べている！」

「私の幼い弟も、よく同じことを言っております」

高位貴族だが、年下であろうネイトフォードの意外な面が見えて、思わず口出しをしたくなってしまった。

「サリュマーナはよく口うるさいと言われないか？」

「いいえ。両親からも領民からも、しっかりとしていて頼り甲斐《がい》があると言われて育ちました」

「くっ……！」

「ネイトフォード様、隣国のお客様にまで指摘されるなんて……」

呆《あき》れ顔をしているベルナを、ネイトフォードがギロッと睨《にら》みつけた。

ネイトフォードの食事事情に、ベルナも思うところがあるようだ。

「ほら、ネイト様。好き嫌いせずきちんとバランス良く食べませんと！　成人前の食事はとても大事ですよ」

「なっ……！　サリュマーナは僕をいくつだと思ってるんだっ！　十九歳だぞ！　とっくに成人しているっ!!」

「まぁ」

ロンヴァイたちよりも背が低く、言動にどこか幼稚さのあるネイトフォードは、てっきり十七歳くらいかと思っていた。まさかサリュマーナと同年齢だったとは。

「申し訳ありません。ネイト様が可愛らしいお顔立ちをしていらっしゃるので、つい年下かと」

「か、かわいい……？　男に向かって、なんて失礼な発言を……！」

「え？　可愛いは褒め言葉ですよ」

「ネイトフォード様が可愛らしいのは、とてもよくわかりますっ！　上目遣いになるとさらに可愛さが増すんですよー！」

「違うっ！　断じてそんなことはないっ！」

サリュマーナとベルナが共感していると、ネイトフォードはカトラリーを握りしめ、赤くなった顔をブンブンと横に振っていた。

ほんと、弟みたいな方だわ。

クスクスと笑いが止まらない。

気さくに話すことを許し、言い方は直接的で包み隠さず正直な意見をぶつける。そんな憎たらしくも愛らしいネイトフォードに対して、弟に向けるような愛着を抱き始めた。

「別に野菜くらい、いくらでも食べられるし……」

ネイトフォードは緑色の葉物野菜にフォークを突き刺し、口の中に入れるとすぐに水で流して飲み込んでいた。

それは完全に苦手なものを口にしたときの、弟ヒューデと同じ食べ方だ。

「あはははっ！」

「おい、笑うな！」

「ごめんなさいぃっ」

ついに堪《こら》えきれなくなってお腹《なか》を押さえて声をあげる。このような愛らしくて愛嬌《あいきょう》のある弟のよう

けた。

仲睦《なかむつ》まじく言い争いながら食事をするサリュマーナを視界に入れないように、ロンヴァイは顔を背
「うるさいな」

「ロン、ネイト様とサリーちゃん仲良しだねぇ」

な貴族男性は初めてだった。


楽しい食事会のあと、サリュマーナは就寝時間ギリギリまで修練を積もうと、魔石の水晶に向かい合っていた。

ロン様もホーバード様も一生懸命頑張っておられるのだから、私も頑張らなくちゃ。ただでさえ、足手まといなんだから……。

極秘任務の同行で、自分にできることは少ない。せめて自身の体調くらいは、いかなるときも万全にしておきたかった。

「サリ、こんなところにいた」

ロンヴァイの声が聞こえて、顔を上げる。

ベルナに指導を受けている部屋は、用意された客室からほど近い。ロンヴァイは部屋にいなかったサリュマーナを探してくれたのだろう。

「空いた時間があるなら、少しでも訓練しようと思いまして……何かありましたか？」

「いや……。あまり無理はするな」

「大丈夫ですよ。ネイト様が仰るように、邪魔者にはなりたくないので」

すぐ目の前に水晶を置き、いろんな色が複雑に混じった不思議な光をじっと見つめる。

「ネイト様ネイト様……それればかりだな」

「え、ロン様？」

バサリと魔封じの布を被せられる。これでは訓練ができない。

不思議そうに首を傾《かし》げると、サリュマーナは顎を掴《つか》まれ強制的に視線を合わせられた。

「サリは知っているだろ。俺が狭量だと」

ロンヴァイの切れ長の眼が、鋭くサリュマーナを射抜く。

「……はぁ、やばいな……」

ロンヴァイは一瞬大きく顔を歪め、額に手を当てた。

溜《た》め息をつくと、そのまま部屋から出ていってしまった。

一体どうしたのかしら……？

ロンヴァイの行動を不思議に思いながらも、特に気を留めることなく、サリュマーナは鍛錬を再開することにした。

# 四　知られざる魔法の不思議

「魔法の扱いにも慣れたみたいだし、そろそろ模擬戦でもやってみようか」

鍛錬用の広い屋内施設で、ネイトフォードはロンヴァイとホーバードに木刀を投げた。

「武器に魔力をまとわせる練習と、魔力で威力の上がった攻撃を受け止める練習な。防御結界も上手《うま》く組み合わせると、戦い方の幅が一気に広がる……まぁ、とにかくやってみるのが一番だな」

訓練の合間にロンヴァイの様子を見にきたサリュマーナは、ここぞとばかりに模擬戦を観戦することにした。

ロン様の戦う姿、本当に格好いいから機会があるなら絶対に観《み》たい……！

普段魔獣の森で仕事をすることが多い夫の騎士として活躍するところは、なかなかお目にかかれないのだ。

任務同行するようになれば直近で見られるようになるが、自分の身を守りながら見るのと気楽に見守るのとではわけが違う。

「ビトラ国随一の騎士様の模擬戦……私も楽しみです」

ベルナと共に邪魔にならないよう壁際で息をひそめる。

両者とも木刀を握りしめ、瞳を閉じて意識を集中させている。

するとロンヴァイは橙色《だいだい》の光が、ホーバードは淡い緑色の光が木刀を覆った。

「始め」というネイトフォードの合図と同時に、ロンヴァイがホーバードへ向かって駆けていく。その足の動きは人間業ではなかった。サリュマーナは姿を追うだけで精一杯だ。

速い……！

元々身体能力が高いロンヴァイが魔法で身体強化すると、常人離れした動きになった。

まるで豹《ひょう》のように駆けるロンヴァイは、相手の動きを観察しながら隙を見て木刀を振るう。

くるりと空中で回転しながら、攻撃を軽やかに受け流すホーバード。

二人の戦いはまさに異次元だった。

「流石《さすが》、実戦を積んだ騎士は強いな。身のこなしといい、踏み込み方といい……隙がない」

「す、すごいです……！」

ビトラ国きっての腕の立つ二人の模擬戦に、ネイトフォードとベルナは生唾を呑《の》んでいた。

「チッ、無駄に魔力を消費するだけの戦い方は、実戦向きじゃないな」

ロンヴァイはまとわせる魔力を強めたり弱めたり、試行錯誤しながら最も良いバランスを模索しているようだった。

「やっぱり近距離戦は嫌いだなぁ。ロンが前線、僕が後方支援という形をとるのがベストだと思わない？」

身体強化魔法で素早くなった動きを身体《からだ》に覚え込ませるように、ロンヴァイは屋内施設を駆けまわる。その反射速度に慣れてきたのか、次第に無駄な動きがなくなり攻撃が洗練されてきた。

「じゃあそろそろ終わらせようか」

防御一辺倒だったホーバードが、ロンヴァイに向かって武器を振り上げる。

カンカンッと木刀が激しくぶつかり合う。その打ち合いは魔力の残像しか見えなくて、どちらが優勢なのか素人目《しろうとめ》では全くわからなかった。

「――えっ」

気がついたときには、サリュマーナの目の前に折れた木刀があって。

当たる――……！

そう思って反射的に目を瞑《つぶ》る。

「サリ！」

目を開けたときにはロンヴァイの大きな背中があった。飛んできた武器を、身体強化した脚で蹴り上げたあとだった。

折れた刀身が天井に突き刺さり、その衝撃でパラパラと天井の破片が落ちてくる。

「大丈夫か！」

腰が抜けて座り込んだサリュマーナを、ロンヴァイは強く掻《か》き抱《いだ》いた。

「び、びっ、くりして……私は大丈夫です」

怪我《けが》がないことを確認すると、ロンヴァイは宥《なだ》めるように金髪を撫《な》でた。

「何事もなくて良かったです！　でも、まさか……こんなことが、起きるなんて。信じられませんわ」

「あぁ……これは、驚いたな……」

ネイトフォードとベルナは、とんでもないものを見たかのように目を見開いていた。

「ベル。ロンヴァイの魔力量で、瞬間移動はできないはず……だよな」

「はい。瞬間移動や高度の治癒魔法などの難易度の高い魔法は、行使できないようにお見受けしておりましたが……」

サリュマーナは目を閉じていたからよく状況がわからなかったが、どうやらロンヴァイは瞬間移動をして守ってくれたようだった。

「ロンヴァイ、どうやって一瞬で移動したんだ？」

「サリを絶対に守ると強く思って、気がついたら目の前に移動していて……。自分でもどうやったのか、わかりません」

サリュマーナを抱きしめていた腕を解《ほど》き、ロンヴァイは首を捻《ひね》らせた。

「愛の力だねぇ」

ホーバードが「サリーちゃんごめんね」と謝罪の言葉をかけたあと、揶揄《からか》うようにそう口にした。

「魔法の威力が一時的に増えるなんて……こんなことあるのでしょうか。聞いたことがありませんわ」

「愛……ね」

ネイトフォードはサリュマーナとロンヴァイと向き合うと、バツが悪そうに頭を掻いた。

「二人には頭ごなしに否定して、悪かったな。魔法にはまだまだ解明されていない部分が多い。人の感情なんて馬鹿《ばか》にしていたけど……意外と侮《あなど》れないものだな」

魔力に耐性の少ないサリュマーナをさっさと帰らせようとしていたネイトフォードは、考えを改めたようだった。

「サリュマーナの存在は、ロンヴァイの魔力を最大限に引き出すのか。魔法痕の影響もあるのかもしれないけど……目で見える面だけを捉えているばかりでは、僕もまだまだだな」

「魔法は、謎が多いのですね」

ロンヴァイが低い声で呟《つぶや》いた。

魔法は奥が深い。それを改めて実感することとなった。

「ロンヴァイたちなら、もしかして……」

そう呟いたネイトフォードは、思いつめたように壁に彫られている彫刻を見つめていた。

「ロン様、私を守るために……ありがとうございます。お身体は大丈夫ですか？　無理していませんか？」

「あぁ、魔力は消費したが休めば問題ない。サリは俺が守ると言っただろ？」

「……はいっ！」

嬉《うれ》しくて胸が弾《はじ》けそうだ。

ロンヴァイが自分に向ける強い恋情で、魔力を一時的にでも増やすことができた。そんなこと、並大抵の感情で成せることではないはず。

サリュマーナが夫を愛《いと》おしく思うように、ロンヴァイも同じように想ってくれている。

そのことを身に沁《し》みて感じて、幸福感で心が満ち満ちていった。

ロンヴァイに飛びついて思いきり抱きしめたくなる衝動を、理性でなんとか抑える。人前でベタベタとくっつくのは貴族として恥ずかしい行いだ。

肌身離さずつけている左耳の耳環を、指でそっと撫でる。

ロンヴァイにだけ聞こえるように、小さく小さく呟いて想いを伝える。

「……すき」

それをロンヴァイは聞こえていないふりをしていたけれど、耳が赤らんでいたので、おそらく聞こえていたのだと思う。

――ロン様と一緒なら、きっと大丈夫。

そんな根拠のない自信が、ほんの少しだけ強まった。

＊＊＊

ギュアロス国で滞在する客室は、石の調度品でまとめられた無機質な部屋だった。

王城の離れで過ごすことになっているので、華美さは控えめだが清潔で広々とした空間だ。

今日も無事に訓練を終えた。ロンヴァイの模擬戦も観ることができて、充実した一日だった。サリュマーナは疲れた身体を休めようと早々に寝支度を整える。

絹でできた柔らかい寝衣に袖を通していると、ふと左手首の魔法痕が目に留まった。

――本当に、この魔法痕ってすごいのね……。

ロンヴァイから魔法痕を施してもらってから、魔力の耐性が飛躍的につくようになった。あれから日々愚直に鍛錬を積み重ね、水晶をそろそろ手で持てるのではという段階にまで急成長していた。

一時は任務同行ができなくなってしまうかと危ぶまれたが、この調子だと問題なく期限内に耐性をつけられそうだ。

極秘任務に、無事に同行できそうで良かったわ。ロン様の隣にいるのは、私だけであってほしいもの……。私も任務のお役に立てるように、まだまだ頑張らなくては！

残された訓練の日数を数えながら、サリュマーナは自分のできることを日々模索していた。

極秘任務に同行する自分が役立つことは少ない。むしろお荷物になることのほうが多いだろう。だからこそ、学べることは全て学んでおきたかった。

ベルナから借りた魔獣の生態についての本や植物図鑑など、数十冊の本が寝台横には積まれていた。

すると突然バタンと大きな音がする。

中続きになった扉の向こうには、ロンヴァイの部屋がある。

ノックもなしに扉が開閉するなんて……と珍しく思いながら、サリュマーナは立ち上がった。

「ロン様、どうしたのですか……？」

中続きの扉から入ってきたのは、やはりロンヴァイだった。

しかし声もかけずにいきなりやってくるなんて、らしくない。なにか急用でもあるのかと不安になって、ロンヴァイの顔を覗《のぞ》き込む。

その表情を見た途端、全身に鳥肌がたった。

――こんなロン様、見たことがない。

例えるならば、飢えに飢えた猛獣が目の前に獲物を見つけたような……そんな瞳だった。鋭利に吊《つ》り上がった眼は、サリュマーナだけを捉えている。

危険を感じ、反射的に後ずさってロンヴァイと距離をとる。

どうしたの？　ついさっきまでは普通だったのに……。

夕食を共にしたあと、部屋の扉の前で別れるまでは、いつも通り優しくて紳士的だった。ロンヴァイの突然の変化に、驚きが隠せない。

強く手を掴《つか》まれて、その熱さに恐れ慄《おのの》く。

「逃げるな。……抱きたい。サリが欲しくてたまらない……！」

その強い口調に、背中に冷たい汗がつたった。

乱暴にソファーに押し倒され、抵抗できないように両手を固定されると首筋をざらりと舐《な》めあげられる。

大好きな人との触れ合いのはずなのに、怖くて怖くて、たまらなかった。

「やっ……！　ロン様、いきなりどうしてっ」

「サリは俺専属の癒し人だろう。サリが自分でそう言ったんだ。今さら拒むなんて許さない」

「あっ、待って……！」

薄い寝衣の上から柔らかな双丘をもみくちゃにされる。その手つきがいつも睦み合うときとは全く違っていて、強引で力加減も容赦がない。

「んん――っ！」

まるで食い荒らすように唇を奪われる。歯が当たり、その配慮のない口づけが痛くて辛《つら》くてたまらなかった。

ロンヴァイの一方的な言動は、まるで娼婦《しょうふ》を相手にするような、雑で思いやりのないものだった。

サリュマーナは何故《なぜ》優しかったロンヴァイが突然に豹変《ひょうへん》してしまったのか、わけがわからない。

沸々と恐怖心だけが湧き上がってくる。

「あぁ、どこもかしこも甘い……欲しい、ぜんぶ」

「やぁ！　そんな、だめ……！」

力ずくで脚を開かせられ、下穿《したば》きを引きちぎり蜜園に顔を埋められる。秘裂を左右に開かれ、敏感な粘膜を舐めしゃぶられた。

「あ、いや……」

割れ目をこじ開けるように、舌を差し込まれる。

サリュマーナの快感を引き出そうとする甘美な触れ合いではなく、ただ物理的に凶大な熱杭《ねつぐい》を挿入するための前作業だった。

いやと言っても、サリュマーナの声が全く届かない。

恐ろしさと悲しさで、堪えられなくなった涙が頬を伝う。

「怖い、怖いよぉ……ロンさま」

押しのけることも逃げることもできなくて。これから先に起こることを想像するだけで、涙が止まらなくなる。

確かにロンヴァイに触れられたくて、ロンヴァイと繋《つな》がるのは自分だけにしてほしくて、騎士団専属娼婦となり隣国までやってきた。

けれど、こんなあたたかさも想いもない、冷えきった行為なんて――。

「いや、やめて、怖い……！」

サリュマーナの生存本能が、無意識に身体を大きく震わせる。

顔面を真っ青にして、号泣しながらカタカタと震える。そんなサリュマーナの様子に気づいたロンヴァイは、ようやくハッと我に返ったようだった。

拘束していた手を離すと、ロンヴァイはそのまま自分の頬を殴った。

バキ、と凄《すさ》まじい音がした。その打撃音が、さらにサリュマーナの恐怖心を煽《あお》る。

「俺は、何を……」

口端が切れてしまったのか、血が滲《にじ》んでいる。

怪我を心配する気持ちよりも怖いという思いが勝って、声をかけられない。

顔を歪《ゆが》め、髪をぐしゃぐしゃと掻き乱したロンヴァイは小さく「ごめん」と謝って、部屋から出ていった。

扉を閉めたあと、ガシャンと鍵をかけられたのがわかった。

「ロン様……」

乱れた胸元を弱々しく押さえる。拘束された手首も、赤くなっていた。

引きちぎられた下穿きが床に落ちたままになっていて、それが今の出来事が悪夢でなかったことを伝えていた。

急変したロンヴァイを信じられなくなる。

結婚前も結婚後も、いつもサリュマーナを愛し慈《いつく》しみ、守ってくれていたのに。まさかその相手から乱暴をされるだなんて、考えてもみなかった。

今度会ったら何をされるかわからない。

サリュマーナはあんなに大好きだったロンヴァイが、恐ろしくなってしまった。

＊＊＊

深い深い溜め息が出る。

ギュアロス国へ来てからは毎日ロンヴァイと食事を共にしていたのに、わざとらしい嘘《うそ》をついて逃げてきてしまった。

「疲れているから時間ギリギリまで寝ていたいなんて……嘘だってバレバレよね」

サリュマーナはいつだって早起きで、寝起きもすこぶる良い。幼い頃から規則正しい生活を送ってきているせいか、高性能な体内時計のおかげで毎日同じ時間に勝手に目が覚めるのだ。

たとえ嘘をついていることが露呈してでも、ロンヴァイと顔を合わせるのが気まずくて避けてしまった。

ロン様に会いたくないなんて、初めてだわ……。

心を通わせる前、騎士団専属娼婦として働いていたときですら逃げ出さなかったのに。夫が怖い、だなんて。

でも昨日のロンヴァイは、別の人間が取り憑《つ》いたみたいに人が変わっていた。

どう接したらよいのかわからないし、また乱暴されてしまうと思うと正直二人きりで会うのは怖い。

あぁ、家族に会いたいよぉ！　ユンヒさん元気かなぁ……。

ホームシックのような気持ちになる。

しかし心境が変わったからといって、鍛錬を疎《おろそ》かにしていい理由にはならない。サリュマーナは時間通りに部屋に向かった。

指導役を担うベルナは既に部屋にいて、のんびりと紅茶を飲んでいた。

「おはようございます。本日もよろしくお願いします」

「おはようございます。よく眠れましたか？」

「わ、私そんなに顔色が悪いですか？」

「え？　何となく訊《き》いただけなんですけれど……」

昨夜のロンヴァイとの出来事を見透かされたような気持ちになって、ただの挨拶なのに過敏に反応してしまった。

「ごめんなさい。少し疲れているみたいです」

「そうですか。休みもなく連日訓練でしたものね。今日は早めに終わりましょうか」

ベルナがいつものように魔石を取り出す。

ベルナの貴重な時間を割いて指導をしていただいているのだ。見慣れた水晶を見て、集中しなきゃと己を鼓舞した。

「だいぶ耐性が高まってきましたので、そろそろ持てると思います。ゆっくりで良いので、一度持ってみましょうか」

サリュマーナは瞳を閉じ、一度深呼吸をしてから丸い水晶の魔石を両手で持ち上げた。

一瞬グワンと視界が回るような気持ち悪さがあったが、すぐに落ち着いていく。

休憩を挟みながら単純な行為を何度も繰り返す。持っては休み、持っては休み……そうしているうちに魔力酔いは一切なくなった。

「……持てます！　酔う感覚はないです！」

「まぁ、おめでとうございます！　これで大抵の魔力には耐えられるでしょう。よく頑張りましたね！」

「ありがとうございます、ベルナ様！」

無事に目標達成できて、歓喜に沸き立つ。根気強く訓練に付き合ってくれたベルナには感謝しかない。

ベルナの手を握りしめてブンブンと振る。

「とりあえず訓練は、一旦ここで区切りましょうか」

「ベルナ様の教え方はとってもわかりやすかったです。いつも褒めてくださるので、私もここまで頑張れました。本当にありがとうございます！」

師へ感謝の意を示す。

ベルナは一度ティータイムにしようと、茶葉の入ったポットに魔法で沸かした湯を注いだ。

あらかじめ使用人が用意してくれた茶菓子を並べて、少しばかりの休息の時間だ。

「サリユマーナ様とロンヴァイ様はとても仲が良くて、素晴らしいご夫婦ですね。私の理想ですわ」

「そんなことありませんよ……」

気まずくて避けているなんて言えず、もごもごと言葉を濁す。

「相手を思いやる感情で魔力を増加させるなんて、並大抵のことでは成しえませんわ。お二人の関係性がとても羨《うらや》ましいです」

「ベルナ様だって、ネイト様の婚約者ではありませんか」

「私はただネイトフォード様に釣り合う年頃の娘が私しかいなくて、婚約者に選ばれただけなんです。そもそも私はあの人の横に並び立つような器ではありませんから」

視線を下げるベルナに「そんなことありません」と強く反論する。

「ネイト様はベルナ様のことを博識で優秀な方と言っておられたではありませんか。もっと自信を持ってください！」

「ネイトフォード様はお優しい方だから、お世辞でそう言ってくれただけです……」

首を振るベルナは頑として聞き入れてくれなかった。もしかしたら、二人の間にも壁があるのかもしれない。

「……そうですよね。本心では何を考えているかなんて、わかりませんね……」

「私で良ければ、何でも話してくださいね？　私は色恋事には疎《うと》いので、魔法の知識くらいしか助言できないですけれど……」

ベルナが手にしていた茶器をソーサーに戻す。

「もしかして、ロンヴァイ様と何かあったのですか？」

赤紫色の丸い瞳が心配そうに揺れている。

異国の地で心細くなっていたサリュマーナは、ゆっくりと口を開いた。

「……ロン様が前と少し、変わってしまったような気がするんです」

「それは魔力を有するようになってからですか？」

「……そうですね」

度々、小さな違和感はあった気がする。

けれど特に昨夜は、身の危険を感じるほどだった。

ベルナは斜め上を見上げて何かを思案したあと、思いついたように両手を叩《たた》いた。

「一度、図書室にある魔法書を見ていただくと良いかもしれません。人間が魔力を有する過程と、その後をまとめたものがあります」

「そんな貴重な資料を拝読して良いのですか？」

「もちろんです。本はたくさんの方に読んでいただくためにあるのですから。サリュマーナ様の知りたい内容かどうかはわかりませんが」

ベルナは穏やかに笑って、紙に表題を書き記した。

「それにこれから従事する魔獣の森での任務では、何が起こるかわかりません。魔法に関する知識は、あるに越したことはないはずですわ」

「確かにベルナ様の仰《おっしゃ》る通りですね。その魔法書、読ませていただきます」

何故ロンヴァイが豹変してしまったのか。どうしてサリュマーナへの態度が変わってしまったのか。

魔力を持ったことで、なにか身に変化が起きてしまったのなら、その理由がわかるかもしれない。

ベルナとティータイムを楽しんだ後、サリュマーナは早速図書室へ向かった。王城の中心にある大図書館とは異なり、そこは主に魔法に関する専門書が揃《そろ》っているそうだ。

ベルナに教わった題名の本を見つけ出す。

『創世の魔力の摂取に伴う、人体の変遷』

そう書かれた分厚い書物を手に取る。

この中に、知らない……知りたくもない事実が書かれているかもしれない。

——魔力を有したら、心変わりするとか性格が変わるとか……そんなこと、流石にない、よね……？　だから、あんな乱暴なことをしようとしたのかもしれない……？

そう思うと、なかなか本を開く勇気が出なかった。

「ふぅ……」

大きく息を吐き出す。

知りたい。けれど、知るのが怖い。

誰かに相談したい。けれど、異国では気軽に相談できる相手もいない。

現実から目を逸《そ》らすように、誰もいない資料庫のような図書室を見渡す。ふと厚い専門書の並びに一冊だけ異様に古い本があった。

気にかかったサリュマーナは、その本を手に取ってみる。

それは角が擦り切れていて、黄ばんで変色した年季の入った絵本だった。小難しい専門書の並びに、児童書があるなんて不思議に思う。誰かが間違えて置いていったものかもしれない。

表紙には大きな竜と、鍔《つば》の広い帽子を被り、杖《つえ》を手にした魔法使いが描かれている。

「竜と魔法使いのお話ね。ルルが好きそうだわ」

遠く離れた地にいる、末の妹のルルライナの顔が浮かぶ。

パラパラ、と短いお話を読んでみた。


――――むかしむかし、大きな竜と魔法使いが仲良く暮らしていました。

その大きな竜は、虹色の宝玉を大切に守っていましたが、ある日魔法使いがそれを過《あやま》って割ってしまいました。

「竜よ、許しておくれ……！」

魔法使いは竜の好物である幻の花を差し出して、何度も何度も謝りました。

しかし、怒った竜は許してくれません。

「ここを出ていくしかない」

魔法使いは、泣く泣く村から出ていきました。

くらいくらい森の中を歩いていると、魔法使いは突然黒い悪魔に襲われてしまいました。

「うわ――っ！」

おそろしい黒い光に包まれて、魔法使いは死を覚悟しました。

おそるおそる目を開けると、なんとふわふわと体が宙に浮いています。

竜が魔法使いのマントを咥《くわ》えて、空を飛んでいたのです。

「助けにきてくれて、ありがとう。そして、君の大切なものを壊してしまって、本当にごめんね」

竜と魔法使いは無事に仲直りをして、再び仲良く一緒に暮らしました――。


よくある、子供用の絵本だ。

読み終わって、優しい竜のイラストを指でなぞってみる。

「こんな恐ろしい風貌をしていても、とっても優しいのね……」

そんな竜の姿が、ふとロンヴァイと重なる。

騎士団専属娼婦となり、初仕事でロンヴァイと対峙《たいじ》したときは、怖くてたまらなかった。鋭い冷徹な表情をしていて、『娼婦殺し』という二つ名もあって（結局それは誤解だったのだが）ロンヴァイのことを恐ろしく感じていた。

けれど、本当の彼はいつも優しくて、いつも守ってくれていて、いつも愛してくれていた。

――知らなきゃ。本当のロン様のことを。

どう変わってしまっても、サリュマーナはロンヴァイを愛している。だからこそ、逃げてばかりいられない。

サリュマーナは席に戻り、意を決して魔法書を開く。

記憶力、身体能力、外見、感情など、細分化された項目にはびっしりと数値が記載されている。およそ数百人分のデータが集約されていた。

創世の魔力を摂取した後、その人本来が持ち合わせる能力――つまり記憶力や身体能力などに変化は見られない。

外見については低い値ではあるものの、瞳の色が濃くなったり、髪の色が変化したりといった事例があった。

確か、ロンヴァイの瞳も昔は黒色だったのに、数年後に再会したときには橙色になっていた。

ロンヴァイ本人は魔獣と戦っているうちに変わったと言っていた。魔獣の魔力を微量ながらも、身体に取り込んでしまっていたのかもしれない。

「って、違う違う。私が知りたい情報はこれではなくて……」

パラパラとページを捲《めく》る。

感情の変化という項目を発見して、手を止めた。

『創世の魔力を摂取しただけでは、感情に変化は見られない。しかし魔法を過剰に行使する、または魔力を発散する生物（主に魔獣）と接したときに関して、異様な性的興奮状態になることが明らかになっている。魔力を有することは同時に脳を侵すことになるため、魔法を酷使してしまうと脳の大きい人間であっても、理性のタガが外れてしまうと考えている』

要約してある文章を、読み返す。

つまり、どうやら魔力は身体の脳部分に宿るようだ。

人間よりも脳が小さい動物たちは、脳内に魔力を留《とど》めておけない代わりに、額に核が現れる。大きい脳を持つ人間は、魔力の塊である核が現れることなく、理性を失わずに魔力持ちになれる。

心に引っかかっていた疑問が、本を読んだことで解明されていく。

今回の極秘任務に何故、騎士団専属娼婦が必要不可欠であったのか。国家機密情報を伝えてまで、同行させる意味があるのか。

それは魔獣と戦う魔法騎士の反動を受け止めるための団娼婦がいなければ、その騎士は狂ってしまうからなのだ。

「人間であっても理性のタガが外れてしまう……」

本の一文を声に出して読んでみると、どこか合点がいった。

——もしかして昨日のロン様は、理性を失いかけていた……？

そう考えるのならば、普段からは想像できないようなあの荒々しい言動も納得がいく。

「でもここには魔獣はいないのに」

昨日は確かに訓練のために魔法を行使していたが、魔獣とは対面していない。

もしかして、魔法を使いすぎたのかしら？　脳が魔力に影響されるのであれば、その可能性は十分に考えられるわ。

でもギュアロス国で訓練を始めて何日も経過しているのに……突然あんな興奮状態に陥ってしまうものなのかしら。私には魔力がないから、よくわからないけれど……。

原因となる出来事を思案していると、一つの可能性に気がついた。

「昨日は瞬間移動をして私を助けてくれたわ。もしかしてその際に魔力を多く使ってしまったから……？」

瞬間移動は魔力量を多く消費する上級魔法だ。その可能性は十分にある。

そして本を読んで明らかになったことが、一つだけあった。

「ロン様は私を愛していないわけではない……」

昂《たかぶ》り極限まで高まった生存本能を、どうしたら良いかわからなくて、理性で抑えることができなくなって、サリュマーナの部屋にやってきたのだ。

決してサリュマーナに対する愛情がなくなってしまったからではない――むしろ。

「私を愛しているから……？」

ロンヴァイが求めているのは昔も今も変わらず、自分だけ。

理性が薄れても、それでもロンヴァイの心の中にはサリュマーナがいる。

その事実に気がついて、心臓が握りつぶされたように苦しくなる。両手で左胸を押さえても押さえても、その痛みは消えない。

――会いたい。ロン様の苦しみを取り除いてあげたい。

ロンヴァイは今もきっと魔力の揺らぎによる昂りで苦しんでいるのだ。自分の意識が曖昧《あいまい》になるほどなんて、どれだけ辛いことか。

サリュマーナは無性に愛おしい人に触れたくてたまらなくなった。

## 五　本能には抗《あらが》えない（ロンヴァイ視点）

ザン、と魔力の残像が弧を描く。

ロンヴァイはひたすら木刀に魔力をまとわせ、素振りをしていた。

ネイトフォードには、四六時中付きっきりで指導をしてもらうわけではない。彼も貴族男性として忙しいからだ。

基礎を教わった後は、こうして自主練習をして修練を積んでいる。

ホーバードのように繊細な制御をするのは苦手なのか、こうして武器に魔力をまとわせたり身体強化して動くほうが性に合っていた。

動きに合わせてその都度《つど》魔力量を微調整し、その最適なバランスを実際に動いて探っていく。

魔力総量が少なくなってくると、全身が渇きを訴えるようになる。そうなると休憩を兼ねて三点倒立をして息を整えていた。

倒立をすると景色が反転し、見えなかった視点が見えてきたりする。それに全身の血を逆流させることで、どこか冷静になれる気がした。

ロンヴァイが鍛錬のときによくやる、瞑想《めいそう》方法だった。

——俺が弱いからだ。己を律することもできずに、あと少しでサリを傷つけてしまうところだった。

未《いま》だに殴った頬は赤くなっていて、切れた口端は瘡蓋《かさぶた》になっていた。

ネイトフォードから止血程度の簡単な治癒魔法は教わっていたが、治癒魔法は自分にかけることはできない。

ホーバードに治癒しようかと聞かれたが、断った。自分に対する戒めの意味もあり、傷はそのまま放置していた。

「そんなところにいないで、椅子に座って休憩したらどう？」

「いいんだ。俺は修行が足りない」

「ロンは何かの教祖にでもなるつもりなの？」

「やりすぎだよ」と軽くいなしながら、ホーバードは優雅に茶を嗜《たしな》んでいた。

「あーあ、ユンに会いたいな」

ホーバードにしては珍しく、恋心を吐露していた。

「ついてきてもらえばよかったのに」

「いやー、突然魔獣の森に連れていったらさ、ユンはどんな顔をするのかなと思って。そう考えるだけでワクワクするでしょ。ユンの最高の表情を見るためなら、僕はいくらでも耐えられるよ」

心底楽しそうに瞳を輝かせるホーバードを、ロンヴァイは毛虫を見るような目で見つめた。

「もしかしてギュアロス国へ来ていることも知らせていないのか？」

「もちろん！」

「極秘任務の内容や、創世の泉の存在も……」

「秘匿情報なんだから、僕の口からほいほい説明できるわけないよ」

にっこりと笑う表情の奥にあるどす黒いものを見て、ロンヴァイはドン引きした。

「いつか逃げられても俺は知らないからな」

「僕が逃がすはずないでしょ。地の果てまで捕まえにいくよ」

窓からビトラ国の方向を見つめる瞳は、愛《いと》しさと切なさが混じっていた。

「それよりもロンは大丈夫？」

「……正直思っていたよりも魔法痕の反動が大きい。ネイト様たちの助言は間違っていなかった」

グッと下唇を噛《か》みしめる。

ギュアロス国へ来た初日、初めて魔法の訓練をした時のことを思い出した――。


――ホーバードとロンヴァイはネイトフォードの指示のもと、まず初めに魔力を引き出す訓練をしていた。

「まず自分の中にある魔力へ意識を向けて、それを引っ張り出すイメージ。頭の中で具体的な事象を想像して、創り出す」

見本を見せるかのように、ネイトフォードは掌《てのひら》に氷でできた弓矢を創り出した。目を瞑《つぶ》り、脳から全身へ巡る魔力を辿《たど》る。そこから絞り出すように魔力を抽出し、頭の中にあるイメージを掌の上に再現する。

「ふぅん、こんなものか」

「……できた」

「ホーバードもロンヴァイも筋がいいな。これなら習得は早そうだ。では次に魔力制御だけど」

ネイトフォードは創り出した氷の矢を圧縮し、より強度の高い矢に変換する。

「密度を高めて強度を上げるイメージかな。初めは少しずつね」

「あっ」

ロンヴァイの創り出した矢が、パキンと粉々に崩れていった。

「魔力のコントロールは難しい。強すぎると壊れてしまうし、弱すぎると強度に欠ける。これは何度も繰り返しやってみて慣れるしかないかなー」

「これだったら無限に矢を作れる。いちいち矢を補充する手間もなくていいな」

ホーバードは易々《やすやす》と数十本の氷の矢を創り出していた。どうやら魔力制御の調整が上手《うま》いようだ。

「生活魔法も、基本的にはこれを応用する感じ。全ては魔力の流れを掴《つか》んで引き出し、それをコントロールする。今日のところはこれができたら万々歳かな」

ネイトフォードは首飾りをジャラジャラと鳴らしながら、腕を組んだ。

そこへベルナがやってきた。

「ネイトフォード様、皆さま、訓練はどうですか？」

「二人とも筋が良い。習得も早いよ」

「まぁ。流石《さすが》ですわね」

「サリュマーナは？」

「サリュマーナ様の魔力の耐性は思っていたよりも低く、今の状態では今回の任務同行は難しいと思います」

「やはりな。適当に言いくるめて、さっさと帰ってもらえ」

「ちょっと待ってください！」

ロンヴァイは二人のやり取りに割り込んだ。

「俺はサリ以外の同行は認めません」

涙ながらに、もう一度癒し人になると言ってくれた。ロンヴァイを癒すのは、触れるのは自分だけだと言ってくれた愛おしい妻の姿が脳裏に浮かぶ。

危険を覚悟のうえ、隣国まで共に来てくれた。そんなサリュマーナの想いを無下にしたくなかった。

「大丈夫ですよ。その解決案として『魔法痕』を施していただこうとロンヴァイ様にご相談を……」

「おいっ、ベル。それは言うなと言っただろう……！」

「ええっ!?」

目を丸くしたベルナが思い出したようにハッと息を呑《の》んだ。

「ああぁっ、そうでした……！　どうしましょう、サリュマーナ様にも言ってしまいましたし……」

「おい、ベル……しっかりしてくれよ」

「申し訳ございません……ネイトフォード様」

ベルナが叱られた仔犬《こいぬ》のようにシュンと肩を落とす。

「魔法痕、とは何ですか」

ロンヴァイが鋭い視線で問いかけると、ベルナは肩を竦《すく》めて一歩後ろに下がった。

ベルナの代わりにネイトフォードが説明する。

「大幅に魔力の耐性をつける方法として『魔法痕』を施すというのがあるんだ。術者の魔力をまとうことで、耐性を飛躍的につけることができる。でもこれは勧められない」

「……その魔法痕には、リスクを伴うということですね」

「ロンヴァイは勘がいいな。その通り。魔法痕はいわばお守りのようなもので、それ自体の効果はあまり強くない割に、かけた術者へ反動が大きい」

反動、という言葉にロンヴァイは過敏に反応した。

「魔法を酷使した後や、魔獣にあてられる魔力で、理性が抑えられなくなるリスクが高まるんだ。ギュアロス国の魔法騎士は、基本的に魔獣と戦うことはないから、魔法痕を親愛の証《あかし》として施すことは日常的によくあることなんだ。しかしビトラ国は違う」

ネイトフォードは、真っ直ぐにロンヴァイの瞳を見据える。

「これから魔獣の森に入る過酷な任務を行うんだ。魔法痕を施すのは、絶対にやめておいたほうがいい」

ネイトフォードの忠告は理解した。魔法痕を施す利点と代償に、釣り合いがとれないのだ。

しかしロンヴァイもそれなりの覚悟を持って、ここまでやってきた。

ロンヴァイを癒せるのは、サリュマーナだけ。だから、サリュマーナは絶対に自分が守るのだ。

「なら、俺がその分強くなればいい。……そうでは？」

少しでもサリュマーナに守護を与えることができるのならば、ロンヴァイにとってリスクなど些細《ささい》なことだった。

「ロンヴァイはわかっていない！　魔法痕はいわば相手に自分の魔力をマーキングするようなもの。魔力による揺らぎが大きくなり、より衝動をコントロールできなくなる。魔獣の森で自分の身を守るだけで手一杯なのに、そんな……っ」

「ネイト様が俺のことを思って止めてくださっているのは理解しています。けど、サリだけは譲れません。俺は絶対にサリも自分も、生きて任務を遂行します」

全く聞く耳を持たないロンヴァイに、ネイトフォードは特大の溜《た》め息をついた。

「はぁ……ロンヴァイ、よく考えて。女なんてたくさんいる。そのなかで魔力耐性があって好みの女の一人くらいは見つかるだろ」

「そういう問題ではありません。俺はサリでないと駄目なんです」

「僕には理解できないな。自分自身とサリュマーナの安全を考えたら、それがベストだ」

ネイトフォードの言いたいことはよくわかるし、最もリスクを減らす方法を提示してくれているのもわかっている。

けれど、理屈ではない。サリュマーナでないと駄目なのだ。

意見は平行線のまま、互いに譲らない。

「ネイト様が俺と同じ立場だったとして、ベルナ様に同じことが言えますか？」

ロンヴァイは、金紅色の瞳を見据えて問うた。

「ああ、言うよ。ベルは僕の大切な婚約者だ。大切であればあるほど、安全な場所で庇護《ひご》するべき。

ましてや、共に魔獣の森に入るなんて……正直僕には自殺行為としか思えないね。それを許可するロンヴァイも同様だ」

「別に良いと思うけどなぁ」

二人の白熱した言い争いに、のんびりとした声がかかる。

ホーバードはいつもの薄ら笑みを浮かべて、ロンヴァイの肩を叩《たた》いた。

「サリーちゃんも全てをわかったうえでここまできたんだ。彼女ならそれくらい認めて受け入れてくれると思うよ。二人がそれを了承しているのなら、部外者がとやかく言う問題じゃないさ」

危険な極秘任務に同行するのも、それを認めて受け入れるのも、二人の問題。助言はあっても、強制させることはできない。

――俺が自我を強く保ち、衝動に耐え、サリを守ればいいだけの話だ。

「サリに魔法痕を施します。ベルナ様、サリのもとへ連れていってください」

ロンヴァイの力強い声を聞いて、身を小さくしていたベルナはおずおずと前に出てくる。

「わ、わかりました。ではサリュマーナ様のもとへ移動しましょう」

ネイトフォードは未だに納得がいっていない様子だったが、ホーバードの尤《もっと》もな意見を覆すことができず、黙って顔を逸《そ》らしていた――。

サリュマーナに魔法痕を施したことは、後悔していない。けれどあのときのネイトフォードの忠告をもっと真剣に考えていれば良かった。この抑えられないほどの衝動を回避できる、別の方法があったかもしれない。

どれだけ魔獣を討伐しても。

どれだけ遠征が長くても。

どれだけ魔法を行使しても。

自我を強く保ち、サリュマーナへの深い愛情があれば大丈夫だと、軽く考えてしまっていたのは否めない。

こんなに自分を律せないほど、我を失うほどサリュマーナを手に入れたくて仕方がないなんて。

「サリーちゃんは優しい……いや、優しすぎる子だ。きっと説得すればロンのことを受け入れてくれるよ」

「駄目だ」

確かにロンヴァイが事情を説明して、頼みこめばサリュマーナは頷《うなず》いてくれるだろう。

ただでさえ、自分を犠牲にしてでも他人を掬《すく》い上げようとするところがあるのだから。

けれどだからこそサリュマーナの優しさにつけ込むような真似《まね》はしたくなかった。

誰よりも大切で愛しいサリュマーナを、欲の捌《は》け口にしたくない。昂《たかぶ》りを鎮《しず》めるためでなく、互いの気持ちを尊重したうえで繋《つな》がり、愛し合いたい。

そのためにはもっと俺が強くならないと。こんなことで理性を失うなんて……こんな脆弱《ぜいじゃく》なままで魔獣の森に入ったら目も当てられない。

「ちょっと、汗流してくる」

一言そう告げて、ロンヴァイは訓練場をあとにした。ひたすら体を酷使したせいで、全身ベトベトだ。かなり運動をしたから、心なしか体が軽くなった気がする。

ロンヴァイは自室に戻り、体を清めて清潔な衣服を身にまとった。

サリに会って、正直に謝ろう。生存本能の昂りについては悟らせないように気をつけなければ。

どのタイミングで声をかけようかと、色々と思案しながら訓練場に戻っていると、遠目にサリュマーナの姿を見つけた。

真っ直ぐで滑らかで、光り輝く金色の髪が宙を舞う。

サリュマーナの姿を認識した瞬間、ドクンと心臓が暴れだした。

――嘘《うそ》、だろう……！

あれほど酷使して冷静になった身体《からだ》が、再び熱く燃え上がる。

抱きしめたい。触れたい。抱きたい。貪りたい。犯したい。壊したい。蹂躙《じゅうりん》したい――！

獣のような感情に支配され、思考が停止する。

サリュマーナはロンヴァイの姿に気づくことなく、そのまま角を曲がってしまって見えなくなった。

視界からいなくなると、激情が少しばかり落ち着いた。

「嘘だろ、なんだこれは……」

これが魔法痕を施した反動なのか。それとも魔力の揺らぎによる生存本能なのか。

「くそっ、どうしたらいい……」

このままサリュマーナに会えば、おそらく自分は獣のように襲ってしまうだろう。そうなったら、サリュマーナを傷つけ嫌われることは明白だった。

顔を青白く強張《こわば》らせて涙しながら、怖いと怯《おび》えていた昨夜のサリュマーナを思い出す。

このままビトラ国へ帰り、共に魔獣の棲《す》まう森に入って極秘任務を遂行するなんて、そんなの。

「絶対無理だろ……」

ネイトフォードの言葉を軽く考えてしまっていたことを深く悔やんだ。

「ロンヴァイ様？　どうされました？　お顔が真っ青ですわ……！」

偶然廊下を通りかかったベルナに声をかけられた。

「ベルナ様……大丈夫です。少し眩暈《めまい》がしただけですので」

「少し休憩されてはどうでしょう。こちらの部屋をお使いください」

ベルナはすぐ近くの応接室のような部屋にロンヴァイを案内し、ソファーで休むよう勧めた。

サリュマーナに対する衝動が残っていたロンヴァイは、大人しくベルナの提案を受け入れる。

「私たちギュアロス国の高位貴族は幼少期から少しずつ魔力に馴染《なじ》んでいるので、ロンヴァイ様のように成人してから魔力を有するのは身体に負担が大きいことでしょう。決してご無理なさらないでください」

ベルナは慣れた手つきで棚から茶器を取り出すと、魔法を駆使して湯を沸かし、茶を淹《い》れてくれた。

「申し訳ありません。ベルナ様にそのようなことをさせてしまって……」

「お気になさらないで。ここはビトラ国よりも階級を重んじる文化ではありませんから」

紅茶を淹れる動作は手慣れたものだった。使用人任せばかりにせず、普段からよく身の回りのことを自身でしているのだろう。

「魔力が体に馴染んで使いこなせるようになるまでは、相当な体力と精神力を消耗します。休息はしっかりととってくださいね」

「……はい」

サリュマーナへの激情を発散させるために、がむしゃらに鍛錬をしすぎた反動だ。

目の前の感情に揺さぶられて、冷静さを欠いていた。自分はまだまだ未熟だと思い知らされる。

「ロンヴァイ様の今のお姿をサリュマーナ様が見たら、とても心配しますわ。彼女のためにもご自愛くださいませ」

ぐっと拳を握りしめる。

昨夜、恐怖に怯え、震えていたサリュマーナの表情を思い出して、胸が痛む。

——自分を律せないような情けない自分は、サリのそばにいるべきではない。

魔力の影響であるにしろ、全ては自分の不甲斐《ふがい》なさが原因だ。

「……はい。肝に銘じます」

ベルナが淹れてくれた紅茶を口に含む。おそらくギュアロス国でも最高級の茶葉であったが、何も味がしなかった。

「——ベルナ様？　あれ、てっきりここにいると思ったのだけれど、何処《どこ》に行ってしまわれたのかしら……」

開けっぱなしにしていた扉の向こうから、サリュマーナの声が聞こえてきた。

「サリュマーナ様、私はここに……」

「あっ！　ちょっと待ってください！」

立ち上がり、サリュマーナを迎えにいこうとするベルナを、背後から口を押さえた。

今またサリュマーナに会ってしまったら、衝動が再燃してしまう！

「んんっ」

「すみません、俺がここを出てから……」

「ベルナ様と、ロン様……？」

ハッと振り返ると、入り口には本を抱えたサリュマーナがいて、目が合った。

ドクンと心臓が暴れだす。

しまった、と思ったときには手遅れだった。誰が見ても、後ろからベルナを抱擁している姿にしか見えない。

「――――……っ」

驚いた表情から、青緑色の瞳に水の膜が張っていく。

サリュマーナはそのまま廊下を走り去ってしまった。

ベルナから手を離し、深く頭を下げる。

「大変失礼しました！」

「あ、いいえ。ロンヴァイ様の反射速度に驚いてしまって……。サリュマーナ様はどこに行ってしまわれたのでしょう。なにか忘れ物でしょうか？」

「……さぁ」

不思議そうに首を傾《かし》げるベルナを横目に、ギリギリと歯を食いしばる。

再び全身に沸騰した血が回るようだった。

——サリを追いかけてこの腕で抱きしめたい。でも絶対にそれだけでは収まらないのはわかりきっている。だからこそ、俺はサリと離れるべきなんだ……。

獣のような欲情と、深い後悔にまみれて、自分自身を殴りたくなる衝動に駆られた。

# 六　狂って、狂わされて

自分の部屋に一人きりになったサリュマーナは、枕に顔を埋めていた。

先程夫であるロンヴァイが、ベルナを抱きとめていた姿が脳裏に焼きついている。

私が触れるのを拒否してしまったからベルナ様に……？　いや、ベルナ様はネイト様の婚約者だもの。ロン様は不貞を働くような人ではないわ。よくよく考えてみたら、何かあったのかも……。

結婚して一年が経《た》ち、ロンヴァイのことでこんなに不安になったことがなかった。隣国で過ごすなか、精神が弱っているのかもしれない。

——とにかく、ロン様ときちんと話をしなくては！

どちらにせよ、このままずっと避け続けるわけにはいかない。ビトラ国へ戻ったら任務に同行しなければならないのだ。

話せばきっと想いは伝わるはず。

サリュマーナは二人きりになるタイミングを見計らっていた。しかしロンヴァイは夕食時になっても姿を現さなかった。

ホーバードに訊《たず》ねると「鍛錬が足りないらしいよ」と言っていた。

十分すぎるほどにロンヴァイは努力しているし、そこまで切羽詰《せっぱつ》まるほどのことではないと思うので、やはり避けられているのだろう。

仕方ないので部屋に戻ってロンヴァイの帰りを待つ。しかし就寝時間を過ぎても、一向に部屋に戻ってこない。

——もしかしてベルナ様のところへ……？

最悪なほうに思考が向いてしまって、大きく頭を振る。今までずっと隣にいた優しくて不器用な夫を思い出して、彼は絶対に自分を裏切るようなことはしないと信じている。

サリュマーナは根気よく最愛の人の帰りを待つ。途中猛烈な眠気に襲われたが、なんとか頬をつねって耐えた。

ガタンと隣の部屋の扉が閉まる音がして、サリュマーナは意識が覚醒した。

意を決し、ロンヴァイの部屋へと繋《つな》がる扉をゆっくりと叩《たた》く。

「ロン様、おかえりなさい。あの……お話ししたいので、扉を開けてもらえますか？」

ロンヴァイの部屋のほうから鍵がかけられている。

「ごめん、開けられない」

突き放した短い返答に、心が折れそうになる。

それでもサリュマーナは心を奮い立たせて、声をかけ続けた。

「じゃあこのままで良いので聞いてください。今日、魔法書を読みました。魔力を持った人がどう変わってしまうのかを知りました」

情けなく震えてしまいそうになる声を、なんとか強く保つ。

「昨日は、まるでロン様が知らない男の人みたいで、怖かったんです。でも、今なら理解できます。

そもそも私はロン様を癒すためにここにいます。だから、」

「サリは何もわかってない」

そう言い捨てたのは、冷ややかな声だった。

「〝生存本能が昂《たかぶ》る〟という、本当の意味を理解していないから、そんなことが言えるんだ」

「そんな……勉強もしたし、」

「俺はサリを壊したいと思ってる」

その発言に、ひやりと体温が下がった気がした。

「サリがいやだと言っても、めちゃくちゃに抱きたいと、そう思ってる。――怖いだろ？」

自嘲した声。顔が見えなくても、ロンヴァイが今どんな表情をしているのか想像できた。

不器用だけれど、言葉下手《べた》だけれど、優しい人なのだ。自分の心を押さえ込んでも、サリュマーナを一番に大切にしてくれる、そんなひと。

だからこそ、たった一人で自分の中の凶暴な本能と戦っているのだ。

「自分でも驚いてる。今まで感情を抑えることはむしろ得意なほうだった。でも魔力が宿って、サリが近くにいて……抑えが利かないんだ。頭でわかっていても心が暴走する。サリに対してだけなんだ、こんなにおかしくなってしまうのは……。だから、俺はサリと一緒にいられない。一人でビトラ国に帰ってくれ」

扉越しに、ロンヴァイの葛藤《かっとう》が伝わってくる。

迷って、抗《あらが》って、耐えて――考えに考えぬいた末の言葉だったのだろう。

しかしそれを受け入れる気は毛頭なかった。

それに嬉《うれ》しかった。ロンヴァイがサリュマーナに対してだけおかしくなるという言葉が。

サリュマーナの中にあった迷いが消え失せた。

「嫌です。それに私が帰ったら誰が任務に同行するのですか?! 他の女性を伴うなんて、絶対に嫌ですっ！」

「わかってくれ、サリを傷つけたくないんだよ！ サリの顔を見ただけで、俺自身が何をしでかすかわからないんだ！」

「なんで私が傷つく前提なんですか！」

「あんなに怯《おび》えていたじゃないか！」

「だから、昨夜は何も知らなかったから、怖くなっただけなんです。ロン様は何も教えてくれないし！ 今は事情を知って……」

「同情で抱いてもいいなんて、そんなのごめんだ！」

「同情じゃありません！ ロン様の馬鹿《ばか》！」

一気に言葉を捲《まく》し立てたせいで息が切れる。

ロンヴァイに上手《うま》く想いが伝わらなくて、もどかしくて苦しくて。痛む心臓を掌《てのひら》で押さえつける。

「好きなの……！」

無機質な石の扉に額をつけると、氷のように冷たかった。

ただお互いが好きなだけなのに。

触れ合うのは、繋がるのはあなたがいいだけなのに。

どうして届かないのか……悔しい。

「ロン様を癒すのは私だけなの。私はロン様が好きだから、癒したい。同情でも、仕事だからでもないの……！」

微動だにしない分厚い扉が憎らしくて、何度も叩きつける。

「私を遠ざけることで、守っているつもりなら、それは大間違いですからね！　ロン様が逃げるのなら、とことん追いかけますから！　ギュアロス国でもビトラ国でも。魔獣の森にだって……！」

大きな音と共に、目の前の扉が勢いよく開いた。

逞《たくま》しい腕に捕まえられて、胸元に顔を押しつけられる。

「サリ……！」

苦しいくらいの力で抱きしめられる。未《いま》だに騎士服を着たままのロンヴァイからは、じんわりと汗の香りがした。

嗅ぎ慣れた大好きな匂い。あたたかなぬくもりに包まれて、瞳が潤んでくる。

「ロン様、私をめちゃくちゃにしてっ！」

サリュマーナはロンヴァイの昂りを受け止めようと、背伸びをして唇に吸いつこうとする。

しかし身長差でそれは届かなくて、何故《なぜ》か口の中に指を入れられてしまった。

「んうっ!?」

「あんまり可愛《かわい》いこと言うと……本当にめちゃくちゃにするよ？」

蠱惑《こわく》的な低音の声で囁《ささや》かれて、下腹部がズクンと疼《うず》いた。

ふわりと体が浮いて、寝台へと運ばれる。着ていた寝衣がビリィと音を立てて強引に脱がされた。

一刻も早くサリュマーナに触れたいという、ロンヴァイの欲情を思い知らされる。

その早急で乱雑な手つきは昨日と然程《さほど》変わらないのに、心が繋がっていると思うだけで全く心情が異なる。

「せっかく俺が耐えていたのに、全部ぶち壊して……。俺がどれだけサリを愛していて、大切にしたいと思っているか、思い知らせてやる」

「んぅうっ！」

後ろから抱きかかえられ、ロンヴァイの無骨な右手が素肌を撫《な》でる。宝物に触れるような優しい手つきに、ぞくぞくと身震いした。

「あぁ、サリの感触だ。ずっと、ずっと触れたかった……」

胸の柔らかさを堪能され、腰の細さをなぞり、急《せ》くように秘所へ到達した。

口の中は指で掻《か》き回され、秘裂も同様に弄ばれる。割れ目から溢《あふ》れた愛液が太い指に絡みつき、敏感な蕾《つぼみ》を容赦なく刺激されていく。硬くなった花芯を擦り潰されると、ビリビリとした快感が貫いた。

「んんんぅ……っ！」

とろりと、愛蜜が内腿《うちもも》を濡《ぬ》らしていく。ロンヴァイの変わらぬ情愛を知り、素直になった身体《からだ》がいやらしく反応してしまう。

粘着質な音と共に指を挿《い》れられ、そのまま内壁をほぐされる。

「わかるか？　俺が生存本能を刺激されるのも、興奮するのも、昂るのも、サリだけだ。サリ以外いらない……！」

「んう、ぅう、んっ！」

怒張した雄を下半身に押しつけられて、ロンヴァイの昂りを知らしめられる。

背中にキスの雨が降り、さらに身体が蕩《とろ》けていく。

ロンヴァイの熱烈な愛の言葉に、全身が悦《よろこ》んでいた。

自分も同じように言葉を返したいのに、ロンヴァイの悪戯《いたずら》な指が許してくれない。情けない喘《あえ》ぎ声にしかならなかった。

「サリの匂い、柔らかさ、ぬくもり……狂いそう。いや、もう狂ってる」

熱っぽい溜《た》め息をつくと、衣類がちぎれる音が聞こえた。

蜜口に熱くて硬いものがあてがわれる。それだけでその先を期待して、さらに蜜が滲《にじ》んだ。

熱棒の長さと熱さを知らしめるように、秘裂に擦《こす》りつけられる。

「わかるか？　俺がどれだけサリに狂わされているか」

「ん、んぅ、ぅう……」

「今すぐ挿れて、サリの悦いところをたくさん愛したい。サリを俺でいっぱいにしたい」

はぁ……と恍惚《こうこつ》とした吐息が耳にかかり、歓喜で身悶《みもだ》える。

「サリはこんな俺が怖いだろ。でも……ごめん、少しだけ。少しの間だけでいいから、こうさせて。挿れないから……っ」

粘膜同士が触れて擦れて、ぬちゅぬちゅといやらしい音を奏《かな》でる。

——怖くない。貴方《あなた》を癒したい。愛したい。ガラス玉のように大切にしなくていい、めちゃくちゃにしていいの。

そう言いたいのに舌を指で絡めとられてしまって、上手く言葉にできない。

「サリ、サリ、サリ……好きだ。サリだけを愛してる。サリ以外なにも要らない」

ロンヴァイの愛の告白に、お腹《なか》の奥から蜜がどろっと溢れたのがわかった。こんなに激しい情緒のなかにいても、ロンヴァイは常にサリュマーナだけを愛し、求めてくれている——それがどうしようもなく幸せで、涙が出てしまう。

「すごく濡れてきた、可愛い。あぁ、突き挿れたい……！　深いところまで、どろどろに愛したい……！」

「んんーっ、んーっ！」

サリュマーナの脚の付け根で肉棒を挟みこみ、ぬるぬると淫《みだ》らに性器が触れあう。

お腹の奥が何かを求めるように、疼いて切なくなる。

言いたいことも言わせてもらえなくて。

後ろから散々ロンヴァイの熱をあてられて。

——もう我慢できない。

サリュマーナは手を下腹部にやり、雄に触れると自らの蜜口に導いた。背中を密着したまま、腰を突き出して肉棒の先端を呑《の》み込む。

「んうぅふぅっ！」

「あっ……！　なにして……?!」

ロンヴァイの凶大な男根を誘うように腰を揺らす。

馴染《なじ》ませるように何度か抜き挿《さ》しして最奥へ到達すると、その熱さに生理的な涙が浮かんだ。

──熱い……っ！

まるで粘膜を溶かしてしまいそうな灼熱《しゃくねつ》に、身体が蕩けていく。

「やめろ、くっ……サリのなか、悦《よ》すぎる……！　はぁっ、もう無理──っ！」

ロンヴァイの擦り切れてボロボロになった理性の糸が、切れた音がした。

極限までしていた我慢を解放したロンヴァイは、思いのままにサリュマーナを貪った。速い速度で何度も何度も奥を穿《うが》つ。

その腰つきは容赦がなくて、余裕がなくて。あっという間にサリュマーナを快楽の頂上に押し上げる。

「あぁ！　サリ、だめだもうでる……っ！」

「んんくぅう──……！」

ドクドクと大量に白濁を流し込まれる。その量に、その熱さに、勝手に身体が歓迎してきゅうきゅうと搾りとるように雄を締めつける。

「腰とまんね……！　はぁ、サリ好きだ。もっと、もっと欲しい……！」

「ひぃあぁあう！」

吐精の途中から、再び激しい律動が始まる。

サリユマーナの腰を両手でがっしりと掴《つか》まれ、思いきり腰をぶつけられて、涙が散った。

二人分の蜜が撹拌《かくはん》されて、卑猥《ひわい》な音が鳴り響く。

「すげー気持ちいいっ、サリ、サリユマーナ……っ！」

「あぁっ！　あっ、イくの、とまらな……っ！」

猛烈な愛情をぶつける、強引で激しい交わり。その力強い衝撃が、苦しくて苦しくて、でも蕩ける
ように幸せで。

何度も光が弾《はじ》けるなか、ようやく解放された唇から幾度となくロンヴァイへの愛を紡《つむ》ぐ。

「あぁっ、すきぃ、すき！　ろんすき、だいすきぃっ！」

「あああぁ……っ！」

サリユマーナの言葉に誘発されるように、再び飛沫《しぶき》が弾けた。痙攣《けいれん》しっぱなしの蜜洞にじんわりと
熱が広がっていく。

「はっ、はぁ……可愛いこと言うな、ほんとに止まらなくなるっ！　サリを大切にしたいんだ」

「とめないでいいの、いっぱいして。こわしていいから、いっぱいあいしてっ」

「ばかサリ！　くっ……！」

欲を吐き出した雄を勢いよく引き抜かれ、栓を失った蜜穴からどろりと粘液が垂れ落ちた。

寝台に仰向《あおむ》けに押し倒され、ようやくロンヴァイと視線が合わさる。

フーッと恍惚とした息をつき、サリユマーナの裸体を見つめる瞳は肉食獣のような獰猛《どうもう》さだった。

昨日は怖いと感じたそれが、甘く心臓を締めつける。

「知らないからな……。興奮した魔法騎士を煽《あお》るとどうなるか、徹底的に身体に教えてやる。サリが狂うまで」

一突きで熱棒を奥まで挿入され、円を描くように腰を回される。それは二度も欲を吐き出したにもかかわらず、火傷《やけど》しそうに熱くて硬い。

「あぁん……！」

「ほら、サリの好きなところ突いてやる。ここ、好きだろ？」

「あ、やぁ……それ、あぁっ、キちゃうぅ！」

揺れる双丘をパンをこねるように揉《も》まれて、サリュマーナの弱いところを灼熱で虐《いじ》め抜かれて。あまりの気持ちよさにガクガクと痙攣する。

「イけよ。サリも、俺と同じように狂えばいい……！」

「あぁ――……！」

雷に打たれたような快楽に襲われて、背を仰《の》け反《ぞ》らし全身の力を込めて凶暴な肉棒を締めあげる。

絶え間なく子宮を揺らされて、次第にサリュマーナの理性も薄れてくる。

「あぅ、ろんだけ、すき、すきぃ、ろんがすき、あぁんっ」

「くっ、可愛すぎ……！　サリ、全部受け止めて――！」

「ひぅあああっ！」

胸の先端を強めに扱《しご》かれて、最奥の粘膜を突き破りそうな勢いで怒張を貫かれて。

呆気《あっけ》なく真っ白な世界へ飛ばされる。再度ロンヴァイの精液を子宮で受け止めた。

もう……だめ、いしきが……！

白の世界から戻ってこられなくて、そのまま目を閉じそうになる。

すると、ふわりと羽毛に包まれたような優しい感覚が、サリュマーナの全身を巡った。

「まだ終わりじゃない」

意識を取り戻して、目の前のロンヴァイを見つめる。回復魔法をかけられたのだと、時間差で気がついた。

既に何度も欲を解放したはずなのに、瞳は依然として炎のようにギラギラと輝いている。額から垂れた汗が、首筋をつたっていく。

飢えた猛獣のような猛々《たけだけ》しい男性が、愛《いと》おしくてたまらなかった。

「もっともっと、俺に狂え」

そう言ってロンヴァイは着ていたシャツを床に放った。

座位で、後背位で、騎乗位で。

休むことなく止まることなく、骨の髄まで愛される。その営みは、紛れもなく獣だった。

もう気持ちいいのか苦しいのかわからなくて、ずっとひんひんと泣きながらロンヴァイへ愛の言葉を贈った。

揺れる視界の中、何度目かわからない白濁を浴びて、頭がくらくらとする。

薄《うっす》らと目を開けると、太陽みたいに温かい橙色《だいだいいろ》が広がっていて。

――狂わされる。

本能が、それを察知した。

「サリを愛してる……っ」

ただ一人からの愛を求める渇望した声に応《こた》えるように、唇が重なり合う。

舌を絡められると自らも舌を伸ばし、唾液を流し込まれると従順に飲み込む。互いに口内粘膜の全てを蹂躙《じゅうりん》し、味わった。

ロンヴァイの唾液が無性に甘くて、下腹部が勝手にきゅうっと熱を求める。

自ら脚を絡めて腰を揺らす。

おかしくなるほど愛撫《あいぶ》され、欲を受け止めたにもかかわらず、もっともっと欲しくて仕方がない。

――もう、既に狂ってる。

「あいしてるの。ろんをいやせるのはわたしだけ、わたししかだめなのっ」

もっと愛して。もっと狂わせて。

互いに淫らに腰を振って、熱を貪る。

淫乱でいい、卑猥でいい。ロンヴァイを受け止めて、満たすのは自分だけでありたい。

「俺の、俺だけのサリュマーナ……愛してる……！」

「ひっ、あぁあイくぅうっ！」

背がシーツから浮き上がり、身体を痙攣させながら荒波に飛び込んでいく。

ロンヴァイに壊されて狂わされたのか、自ら求めておかしくなってしまったのか。もしくは双方な

そう文句を言いかけたところで、ヒュンと短剣がネイトフォードとサリュマーナを切り裂くように飛び、壁に突き刺さった。シュウウゥと壁が唸《うな》っている。

一瞬何が起きたのかわからなくて、目をパチクリとさせる。

「俺のサリに触らないでもらえますか」

ロンヴァイが今にも射殺しそうな勢いで、ネイトフォードを睨《にら》みつける。

手を高く掲げると、ロンヴァイの頭上には魔法で創り出された、炎をまとった短剣が現れた。

「ろろろろロンヴァイ！」

慌ててサリュマーナの手を離し、無罪を主張するように両手を万歳する。ネイトフォードは顔面蒼《そう》白《はく》だった。

「ちょ、ちょっと待て！　とりあえず落ち着くんだ！」

「サリの手を、一方的にネイト様が掴んでいるように見えましたが？」

「いやいや、ちょっと移動しようかなーと思って、このほうが早いし楽だし……！」

「ネイトフォード様、またですか。城内では転移魔法を多用するなとあれほど言われていたのに……。もう、自業自得ですわ」

ベルナの呆《あき》れたような声が聞こえた。

ロンヴァイの掌から創り出された数十本の短剣が、すさまじい勢いでネイトフォードへ向かっていく。

「ちょっと待てぇぇっ！」

ネイトフォードはすぐさま防御結界を張ると、短剣は弾かれて床に散乱した。

「わぁ、ロンはちゃんと急所を外して狙っていて偉いね。僕だったら一発で急所を撃ち抜いてるなぁ」

「まぁ。ということは、これはビトラ国流のお戯《たわむ》れということなのでしょうかっ！　なんて刺激的なんでしょう！」

「おい！　お前たち見てないで助けろ！」

「あの、ロン様そんなに怒らないで……？」

「チッ。やはり魔力制御が弱いな。もっと圧縮して強固な魔力を当てないとあの結界は破れないか……」

ブツブツ呟《つぶや》くロンヴァイを、サリュマーナはぎゅっと抱きしめた。

「ロン様が強くなるのは、私を守ってくださるからでしょう？　人を傷つけてはいけませんわ」

上目遣いで橙色の瞳を覗《のぞ》き込むと、ロンヴァイの殺気がおさまっていく。掌に創られていた大量の短剣が燃えて無くなった。

「……そうだな。ついカッとなってしまった。ネイト様も申し訳ありません。ですが今後一切サリュマーナには触れないでください」

「わ、わかった……」

ネイトフォードは真っ白い顔のまま、恐る恐る防御結界を解除した。

「あぁ、だから魔法痕はやめとけって言ったのに……。絶対ロンヴァイとホーバードだけは敵に回してはいけない……」
ネイトフォードが小声でボソボソとなにか口にしていたようだったが、「ビトラ国のお遊びは少々過激なのですね！　なんだかちょっと楽しいです！」とベルナが大騒ぎしていたのでよく聞こえなかった。

「あの、ところで私は何故ここに連れてこられたのですか？」

そもそもどうしてここに集まったのか、目的がわからなくて問いかける。

「ギュアロス国での滞在も残りわずかだ。せっかくだし城の外へ行かないか。我が国の強靭《きょうじん》な防御結界を見てみるのも、勉強になるだろ」

「わ、嬉しいです……！」

異国に来てからは毎日訓練続きだったので、この提案に浮き足立った。

人々の目を誤魔化《ごまか》す魔法が込められたローブを羽織り、馬車へ乗り込むと五人で城下へ向かっていく。

ビトラ国とは全く異なる街に、胸が躍った。

道は石が等間隔に敷き詰められていて、見た目にも美しい。建物同士の距離が異様に近く、少し圧迫感を感じたが、狭いスペースを有効に使う知恵が垣間見《かいまみ》えた。

街を行き交う人々の表情はみな明るい。

王城を中心に円形に広がる街は、きちんと計算されて造られた道路により混雑も事故もなく、円滑な流れができていた。

城下町を抜け、のどかな畑風景を抜けた先には、高い塀が立ち塞がっている。

「この塀が人間の住まう場所と、魔獣の棲まう場所を隔てているんだ」

「とりあえず上に行ってみましょうか。私たちの後についてきてください」

人間の背の三倍はある塀の上に、身体強化させた脚で軽々と上がっていく。

サリュマーナはロンヴァイに抱えられて、塀の上に降り立った。

向こうにあったのは、鮮やかな緑が生い茂る悠然とした森だった。懐かしい森の青々しい香りと、自然の営みの音が聞こえる。

塀と森の間には、薄らと金色の防御結界が見える。

「この防御結界はネイトフォード様が創り出したものなのです。国を守る、強固な魔法陣が刻まれています」

「ネイト様は本当に素晴らしい魔法使いなのですね！」

「まあな」

サリュマーナが絶賛すると、鼻を高くしたネイトフォードは嬉しそうに頷いた。

そして森の奥を見つめると、真剣な眼差《まなざ》しに一変した。

「これより向こう側は、人間が決して侵してはならない領域なんだ」

ネイトフォードが森を見つめる眼差しは、どこか哀《かな》しそうに見えた。

「ビトラ国は創世の泉を全て見つけ出した後、どうするつもりなのかな……」

ネイトフォードの問いには誰も答えられなかった。創世の泉を見つけ、国が管理、保護することは明白だが、それを今後どう扱っていくかまでは国王陛下のみ知ることだからだ。

「とにかく、見つけないことには何も始まらないよ。僕たちはただ、がむしゃらに森の中を進むだけさ」

「そうだな」

見慣れた魔獣の森を塀から見下ろす黒騎士団の二人は、冷静に任務と向き合っていた。

今回与えられた極秘任務は、あくまでビトラ国にある全ての創世の泉を見つけ出し、保護することだ。

「生きて帰ってきて、またネイト様やベルナ様に会いたいです」

サリュマーナはみんなに笑いかけながら、ロンヴァイの手を握った。

# 七　危険と隣り合わせの任務へ

無事にギュアロス国での修行を終えた一行は、予定通りにビトラ国へ帰国する。

行きと同じように、帰りも転移陣による移動だ。

「じゃあな」

「またいつでも来てくださいね」

お世話になったネイトフォードとベルナに挨拶をして、転移陣に並び立つ。

ロンヴァイの手を握りしめると、足元が眩《まばゆ》い光に包まれた。


転移による内臓が掻《か》き回されるような不快さには、なかなか慣れない。しかし、行きと全く体感が異なった。一ヶ月の訓練が確実に実を結んでいることを実感する。

体調不良になることもなく、地面を踏みしめる感覚が戻ってきた。

光が消えゆっくりと目を開けると、そこには手本のような美しいカーテシーをした女神がいた。

「おかえりなさいませ」

白銀髪の艶《つや》やかな髪の間から覗《のぞ》く瞳は黄金に輝いていて、その高貴さに思わず見惚《みと》れてしまう。

その人物は去年までサリュマーナと共に騎士団専属娼婦《しょうふ》として働いていて、現在はホーバードの妻となった次期公爵夫人だ。

「会いたかったよ、ユン！」

真っ先に駆け出したホーバードは、ユンフィーアを幼子のように高く抱き上げた。

「ちょっと、バード様……！」

恥ずかしそうに顔を赤らめて一生懸命抵抗しているが、ホーバードはどこ吹く風だ。何度もリップ音を鳴らしながら、ユンフィーアの顔面にキスを降らせている。

「ははっ。元気そうでなによりだ」

「ただいま戻りました」

宮廷魔導士長の出迎えを受け、簡単な帰国の挨拶を済ませる。

「ユンヒさん……」

「えっ、どうしてサリーちゃんがここに？」

まさかこんなところで再会するなんてと、不思議そうにユンフィーアを見つめた。

しかしそんな疑念よりも大好きな友人に会えて、嬉々《きき》とした感情が湧き上がってくる。たった一ヶ月だったけれど、やはり心寂しかったのだ。

「ユンヒさぁんっ！」

ユンフィーアに抱きつこうとしたが、何故《なぜ》かロンヴァイに捕まってしまってそれは叶《かな》わなかった。

ギュアロス国で過ごしてから、ロンヴァイのサリュマーナへの執着が強まった気がする。以前はあまり表に出していなかったが、ここ最近のロンヴァイはわかりやすく執着心を剥《む》き出しにするようになった。

異性ならまだしも、同性までこれとは。これからの日常生活が思いやられる……と諦念する。

ユンフィーアはどうして任務から帰国したホーバードと一緒にサリュマーナがいるのだろうかと、首を傾《かし》げていた。

転移陣のある地下室で長話をするわけにもいかず、足早に王城内を移動する。

その間も、離れていた時間が寂しかったのか、ホーバードはユンフィーアを抱きかかえたままだった。

「あの、恥ずかしいので降ろしてください……」

「だめ。離したくない」

頑《かたく》なホーバードに不満を零《こぼ》しつつも、ユンフィーアはどこか嬉《うれ》しそうにしていた。

そんな仲睦《なかむつ》まじい二人を横目で見つつ、一行は宰相室へ入室する。

「よく帰ってきた」

厳しい顔つきのダロルヴァ宰相は、力強く頷《うなず》いて帰国を喜んだ。

宮廷魔導士長は防音の魔道具を作動させる。今からはきっと極秘任務について話があるはずだ。

あれ、この場にユンヒさんがいたままでいいのかしら……？

隣にいるホーバードと目が合うと、楽しそうにパチリと片目を閉じていた。その裏のある妖《あや》しい微《ほほ》笑《え》みを久々に見た。

もしかして、ユンヒさん何も知らずにここにいるのでは……？

どこか不穏な空気を感じたところで、宰相が話し始める。

「無事に全員が揃《そろ》ったところで、今回の極秘任務について一から説明しよう」

魔獣の森には、創世の魔力を含む魔水が湧き出る『創世の泉』があること。

その魔水を体内に摂取することで、人も動物も魔力を有するようになること。

ビトラ国にある五つの魔獣の森のうち、既に四つの森で泉が発見されていること。

これから残り一つの泉を早急に見つけ出さなければならないこと。

ひとつひとつ情報を再確認する。

「ここにいる四人には、この特別な任務に従事してもらう。早期発見にいたることを期待している」

「あの、ダロルヴァ宰相閣下。現在の森の状況や任務内容は理解できましたが……私たち女性は必要なのですか？　足手まといになるだけなのでは……」

ユンフィーアは突然聞かされた機密情報に、顔を青白くさせながら疑問を投げかける。

「君たちには魔法騎士が戦ったあとの反動を受け止めてもらいたい。その人選は本人たちに任せたのだから、君たちも了承のうえ集まってもらったはずなのだが……」

「はぃ……」

この反応は絶対に了承も何も、説明すらされていないわ。ユンヒさんご愁傷様です……。

ユンフィーアの表情を見て、サリュマーナは悟った。

相変わらずホーバードはにこにこと機嫌よく笑っている。振り回されて顔色を悪くしている友人を見て、激しく同情した。

どちらにしろ、この国家機密を知ってしまったからには、後戻りは許されない。

「力も何もない私ですが、国のために魔法騎士様のために精一杯尽くします」

サリュマーナが確固たる意志を見せると、宰相と宮廷魔導士長は安心したように頷いた。

ユンフィーアも苦々しく下唇を噛《か》みしめながらも、ゆっくりと頭を下げた。

「それでは、失礼」

ホーバードは未《いま》だに混然としているユンフィーアの左手を持ち上げると、両手で包み込んだ。

『ユンに守りの加護を』

「え……?!」

淡い若草色の光が輝き、その光の粒がユンフィーアの左手首に吸い込まれていくように溶けていく。

光が消えると、そこには蔦《つた》のような文様が腕輪のように刻まれていた。サリュマーナの左手首にある痕と、色違いである。

「バード様、これは……っ」

「魔法痕だよ。強くはないけど悪意や危険をはねのける効果があるお守り。帰国したらすぐに授けようと思っていたんだ。よく似合ってるよ、ユン」

「…………ありがとうございます」

ぐぎぎ、と歯を食いしばっている音が聞こえたのは、果たして空耳だろうか。

確かに何の説明もないまま連れてこられて機密情報を聞かされて、さらには魔法痕まで刻まれて。完全にユンフィーアの逃げ道を塞いでいる。

出会った頃から変わらないホーバードとユンフィーアを見て、ふっと頬が緩んだ。

「では、これからの作戦を伝える」

ダロルヴァ宰相は魔獣の森の地図を広げ、これからの計画を示唆していった。

「創世の泉が見つかっていない魔獣の森は、東に位置する大きな森のみだ。広大すぎる故、未だに奥地には何があるかわかっていない。しかし四年間ホーバード君が秘密裏に調べてくれたおかげで、ひとつ場所の目星がついている」

魔法騎士となる以前のホーバードは、黒騎士団の核採集の遠征と同時に、創世の泉を探す極秘任務を行っていた。

ユンフィーアが「バード様ってきちんとお仕事していたのね……」と呟《つぶや》く声が聞こえた。

「東の森は広いため、必然的に捜索範囲も大きくなる。東に進んだ奥まった場所に、いくつか洞窟の存在が確認されている。元々洞窟は水の流れで大地が削られ、出来上がる自然の産物。その原理に沿って考えれば、この辺りに創世の泉が存在する可能性は高いと考えている」

宰相の見解を注意深く聞きながら、頭の中に記録する。国家機密情報は紙に記録することができないため、頭に刻み込むしかないのだ。

「泉を見つけたら、魔力の有無を可視化できるモノクルの魔道具を使って魔水であることを確認し、持ち帰ってきてほしい。そして位置情報を把握する魔道具の設置も忘れずにな。その魔水が創世の魔力を含むことを確認したら、この任務は完遂だ」

確かに魔水は一見普通の水と差異がない。魔道具を使って魔水と普通の水を区別する必要がある。知らず知らずのうちに魔水を飲んでしまったロンヴァイの例もあり、森の中では口にする水にも留意しなければならない。

「普段騎士団すらも踏み込まない、森の奥地だ。くれぐれも気をつけてくれ。必要なものはこちらで用意しておいた。準備が整い次第、早速森へ向かってくれ。健闘を祈る」

「ハッ」

騎士礼をとるホーバードとロンヴァイに倣《なら》い、サリュマーナとユンフィーアも頭を下げた。

魔獣の森での泉の捜索……一体どうなるのかしら。

サリュマーナはいよいよ始まる極秘任務に、緊張と不安でいっぱいになった。

＊＊＊

サリュマーナとロンヴァイ、そしてホーバードとユンフィーアの四人は、早々にビトラ国の東に位置する魔獣の棲《す》む森へ向かった。

森にほど近い宿屋で最終調整を終える。王命による極秘任務のため、まだ夜が明けきっていない早朝に出発した。

「ねぇ、ユンまだ怒ってるの？　森に入るんだからそろそろ仲直りしようよ」

「はいそうですか、なんて簡単に許せるはずがないでしょう?!　こんな危険な任務に妻を同行させるなんて、バード様は一体何を考えているのですかっ！」

「だって僕はユン以外の女なんて抱きたくないし」

「なっ……！」

怒りなのか羞恥なのか歓喜なのかわからないが、ユンフィーアは顔を真っ赤にしてフルフルと震えていた。

「私は同行するのがユンヒさんで嬉しいです！」

「うぅ、サリーちゃんはなんでこんな恐ろしい任務を引き受けたの……」

「だって。ロン様が他の女性に触れるなんて、絶対に嫌なんですもの」

サリュマーナが視線を下げると「それはそうかもしれないけど……っ」とユンフィーアは言葉を濁していた。

「ユンヒさんも、ホーバード様が他の女性を連れていたら嫌でしょう？」

ユンフィーアだけに聞こえるように囁《ささや》く。すると不服そうながらも、小さく頷いていた。

なんやかんやユンヒさんはホーバード様が大好きだもの。

いつも言い合いをしたり貶《けな》したりしているけれど、それはユンフィーアの愛情の裏返しなのだ。

「直進で進むのが最も早く到着するけれど、このエリアは魔獣が多く出没するところだから、遠回りにはなるけど川沿いに進むほうが良いと思うな。ロンはどう思う？」

「同意。魔力を温存するためにも、身体強化魔法と徒歩を交互に繰り返そう」

前を歩くロンヴァイとホーバードは、魔獣の森を進む経路を綿密に確認している。

二人は見慣れた黒騎士団の隊服に身を包み、武器を下げていた。

「こんな少ない荷物で森に入るなんて初めてなので、ソワソワしてしまいます」

サリュマーナは腰につけてある小ぶりな鞄《かばん》に手をやった。

生まれ育った村でも、森に入るときは必ず大きな籠に荷物をたくさん入れて持ち運んでいたので、なんだか心許《こころもと》ないのだ。

「サリーちゃんはいつも荷物が多すぎるのよ。今回は危険が多いから、身軽にするために荷物は必要最低限。でも確かにサリーちゃんの不安は理解できるわ。バード様たちの生活魔法があるとはいえ、身軽すぎると心許ないわよね」

「そうなんです。なんだか落ち着かなくて……。本当、魔法って便利ですね」

何をするにも、魔法は役に立つ。身なりを清潔にするのも、火を起こすのも、魔法があれば一瞬で叶う。

今回の極秘任務は少人数のみでの活動になる。黒騎士団の遠征のような大がかりな荷物を用意できないので、魔法は欠かせないのだ。

「確かに魔法は偉大な力だわ。けれど無限ではないということを念頭に置いておかないと。もしものときに魔力が切れてしまっては、大変なことになってしまうわ」

「私たちもできる限りのことは頑張りましょう！」

二人は顔を見合って、力強く微笑んだ。

「それにしても、ダロルヴァ宰相閣下が用意してくださった服、とても動きやすいし生地も丈夫で驚いたわ。最近はドレスばかり身につけていたから、締めつけもなくて過ごしやすいわね」

「でも少し変わった手触りがしますね」

宰相が同行する騎士団専属娼婦のために用意してくれたのは、防御力のある衝撃に強い衣服だった。袖のないワンピースの上に、揃いの生地のケープを羽織っている。布地には金糸が織り交ぜられていて、光沢感があった。足元は編み上げのロングブーツを履いている。

「生地に薄《うっす》らと金の糸が見えるでしょう？　これに防御の魔力が施してあるそうよ」

「それは心強いですね」

裾部分の布を撫《な》でてみる。サラリとした肌触りなのだが、少々布地に膨らみがあって変わった感触がした。

万全の準備を整え、いよいよ森の中へ入る……というところで、目の前にふわりと金紅色の光が現れた。

突然現れた光に驚き、ロンヴァイとホーバードが女性二人を庇《かば》うように立ちはだかる。

「やあ。準備は万端かい？」

「えっ、ネイト様……！」

驚くべきことに、転移魔法で現れたのはギュアロス国で魔法を指導してくれたネイトフォードだった。王城内にいたときとは異なり、ギュアロス国の騎士団の制服に身を包んでいる。機能性を重視した無駄のないつくりをしている黒騎士団とは異なり、隣国の騎士服はやたらと装飾が多く、豪奢《ごうしゃ》だ。

「何故こんなところに……」

「ホーバードたちと一緒に森の中へ入ろうかと思ってね。東の森はギュアロス国との国境でもあるし、森の中の実情を知っておきたくてさ」

「それならば貴国の魔法騎士団を伴って調査に向かえばよいのでは？」

「我が国は魔獣の森に侵攻することを固く禁じているんだ。他の者の目がある以上、大っぴらにできない。だから今回のホーバードたちの極秘任務に同行させてもらうのが手っ取り早いんだ。それに二人より腕の立つ騎士はギュアロスにいないからな」

「しかし……」

他国の者と国家機密である重要な極秘任務に従事するとは、黒騎士団副団長の二人であってもすぐに認可することはできない。

「大丈夫、ビトラ国の宰相には許可をもらっているよ。泉捜索の任務を邪魔しないという約束で、同行を認めてもらっている」

ネイトフォードはそう言って胸元から書簡を取り出し、ホーバードへ手渡した。

「確かに、正式な書類ですが……」

「僕がいれば防御に関しては鉄壁だ。女性二人も安心して遠征に同行できるだろうし、互いにとって悪い条件じゃないと思うよ」

「……そうですね」

一国の防御結界を任されるほどの優秀な魔法騎士がいれば、遠征の安全性はぐっと向上するだろう。

「僕のことは番犬くらいに思ってくれればいいよ。森の中ではかしこまった敬語も必要ない。気楽に接してよ」

「……何があっても僕たちに責任は問わないでね」

諦念したホーバードは、ネイトフォードの肩を叩いた。

「ネイト様とご一緒できるなんて、光栄です。よろしくお願いいたします」

「サリュマーナ、足を引っ張るなよ」

「はい。頑張ります」

軽く腰を折り、挨拶を交わす。

「お初にお目にかかります。ホーバード様の妻、ユンフィーアです。よろしくお願いいたします」

「貴女《あなた》がホーバードの……」

流れるような所作で低頭したユンフィーアを見て、ネイトフォードの眦《まなじり》が赤くなった。

「んんっ……ネイトフォードだ。堅苦しく呼ばれるのは好まないから、略称で呼んでほしい」

「かしこまりました、ネイト様」

ユンフィーアが女神のような微笑みを向けると、ネイトフォードの顔面がさらに赤みを増していた。

「じゃあ早速森の中へ」

ロンヴァイが声をかけ、いよいよ深い森の中に足を踏み入れる。

低い位置にあった太陽が、どんどん高くなっていった。

「この辺りは魔獣の遭遇率が高い。身体強化魔法で足早に通ってしまうのが得策かな。じゃあ、川の辺りで集合で。途中食料を見つけたら確保しておいてね」

周囲を見渡したホーバードはそう言うと、大きな弓を抱えなおした。

「了解。ネイト様も大丈夫？」

「あぁ、問題ない。森の中での決定権は、全てホーバードとロンヴァイに任せる」

速やかに経路を確認した後、ホーバードはくるりと後ろを振り返った。

「ユン」

「何ですか。私、まだ怒ってるんですから……きゃあっ！」

ホーバードはまるで俵を担《かつ》ぐようにユンフィーアを肩に乗せると、残念そうに息をついた。

「はぁ、仕方ないなぁ。ユンは僕がいないと生きていけないってこと、そろそろ自覚してもらわないと」

「なにするの、降ろしてっ、きゃあああぁー！」

ホーバードはそのまま脚に魔力をまとわせて身体強化すると、凄《すさ》まじい速さで森の奥へ行ってしまった。ユンフィーアの悲鳴があっという間に小さくなっていく。

「ゆ、ユンヒさん、大丈夫かなぁ……」

「バードのことだから、落としはしないはず。多分」

「すごく心配です……」

「ホーバードは自分の妻に何をしているんだ……。いや、詮索は良くないな。うん」

あのぶら下がった体勢で勢いよく走られたら、さぞ怖いだろうな……。

サリュマーナはユンフィーアの無事をただ祈るしかなかった。

「サリ、少しの間、ごめん」

ロンヴァイに突然両手で耳を塞がれた。

「ネイト様、癒し人を連れなくていいのか？　サリは絶対に渡さないが」

「それに関しては問題ないよ。君たちと違って、僕は幼少期から魔力を持っているんだ。多少魔法を酷使したくらいで、理性が乱れることはないよ」

「そう……なら良いが」

ふっと耳の圧力がなくなる。二人が何を話していたのかさっぱり聞き取れなかった。

「俺たちも行こう。……ほら乗ってサリ」

ロンヴァイは背負っていた槍《やり》を前に抱えて片膝をつき、背中に乗るように促した。

肩を掴《つか》み、広い背中に密着すると、力強く支えられる。

「しっかり掴まってて。あとなにか食べられるもの見つけたら教えて」

「はいっ！　では行きましょう」

ふわりと魔力がロンヴァイの足元を包むと、ぐんっと大きな力がかかった。

＊＊＊

大きな川岸に着いたロンヴァイは、背負っていたサリュマーナを丁寧に降ろす。

「やっと着いたかー」

「ロン様、運んでくださってありがとうございます。お身体《からだ》は……」

「少し休めば大丈夫。バードたちはまだ着いていないみたいだな」

森の入り口で約束していた合流地点に着いた三人は、荷物をドサリと置いた。

「たくさん食料が見つかって良かったですね」

「東の森は植物の種類も多いし、川の数も多いから、食べるものに困ることはないな」

ここに辿《たど》り着くまでの道中、ママナラの木や野苺《のいちご》が大量に自生した場所があった。みんなで分け合おうと、手に持てるだけ採集してきたのだ。

「宰相から指定された洞窟のある場所は、一日で辿り着くのは難しい。この辺りは魔獣の出没が少ない、比較的安全なところだから、夜はここで過ごすのが良いと思う」

「わかりました」

「流石《さすが》、ビトラ国の黒騎士団の知識は豊富だなぁ」

先を急ぐ任務ではあるが、魔力を一気に消耗して進むのは非常に危険だ。

休憩をとりつつ万事に備えて魔力を温存させて動くのが、適切だと判断する。

「結界は張るけど、野宿になる。サリには申し訳ないが……」

「私は平気ですよ。よく森の中でお昼寝していましたし」

サリュマーナにとって、森は庭のようなものだ。幼い頃から毎日森に入っては草花を摘んだりピクニックをして遊んでいた。実家の近くには魔獣は棲んでいなかったので、違いはそこくらいである。

「私よりも、ネイト様は大丈夫ですか？　野宿なんて経験がないのでは……」

「まぁ、どうにかなるだろ。魔法があるし」

川の水で顔を洗ったネイトは、風魔法を起こして一瞬で乾かした。

「ネイト様の魔力量はすごいのですね」

魔力を温存させるため、身体強化魔法と徒歩を繰り返して森の中を進んできた。しかしネイトフォードは元々の体力がないのか、ずっと魔法で身体強化させたまま集合地点までやってきたのだ。魔力の回復が早いのか、元々の魔力量が多いのかはわからないけれど、やはり魔法に関しては頭ひとつとびぬけている。

「サリユマーナは僕の魔法を疑っていたのか？」

「いえ、そういうわけではないですよ。ネイト様の結界魔法は世界一ですものね。私、とても安心しています」

「わかっているならいいけど」

大きな岩に腰を下ろし、休息をとる。

しばらく体を休めたあと、立ち上がって準備に取り掛かった。

まずは焚《た》き火をするための薪《たきぎ》を集めなければならない。

サリユマーナは一度木々が生い茂る場所へ戻り、乾いた木を集めては川岸まで運ぶ。

「薪を拾うのか？　なら魔法で集めてしまえば一瞬だよ」

ネイトフォードが魔法を使うと、突風が吹き荒れ、小枝や幹の破片、枯葉などが一箇所に集められた。

「わぁ、便利ですね。でもネイト様、薪に向く木とそうでないものがあるのですよ」

「そ、そうなのか？」

「湿気を含んでいると火がつかないので、こんな風に乾いているものが適切です」

森の中で過ごすことが初めてであろうネイトフォードに、サリュマーナはあれこれと世話を焼いた。

「こんなこと、城では学ばなかったからな……」

「確かにそうですね」

そんなことを言い合っていると、食事用の川魚を獲ってきてくれたロンヴァイと合流する。濡《ぬ》れた隊服を魔法で乾かすと、サリュマーナの手を強引に引いて茂みの中へ入っていく。

「ロン様どうかしましたか？　いったいどこへ……」

サリュマーナの問いかけに応じることなく、大木の陰に入ると幹に体を押しつけられる。

「あ、あの……？」

ロンヴァイの顔を覗き込むと、悔しそうに下唇を噛み締めて俯《うつむ》いていた。

なにか失礼をしてしまったかしら……。

しかし思い当たる節がない。

「私、なにか……んっ」

突然唇を塞がれて、こじ開けるように強引に舌が侵入してくる。肉厚な舌がサリュマーナの口腔内を隅々まで蹂躙《じゅうりん》する。その性急な口づけにサリュマーナは困惑した。

「んん、んーっ！」

ロンヴァイの肩を叩いて意思表示すると、なんとか唇を解放してくれた。

「サリは俺のだろ……っ」

「ひあっ！」

首筋を舐《な》められたかと思うと、チクリと鈍い痛みが走る。

「そんなところに痕つけないでっ」

「嫌だ」

今度は反対側の首根に顔を埋めると、再び強く吸いつかれる。

「あっ、だめ……！」

「シッ。あんまり大きい声出すとネイト様に聞こえる」

カァっと全身の体温が上がり、両手で口を押さえる。ロンヴァイは容赦なくサリュマーナの首回りや鎖骨に所有痕を刻んでいった。

白肌に咲く赤い花を見つめ、満足そうに微笑むと、着崩れた衣服を丁寧に直してくれた。

「ロン様、なんでこんなこと……」

「サリが俺を妬《や》かせるからだろ。自分が誰のものか、わかったか」

ぎゅうっと力強く抱きしめられて、ロンヴァイの行動の意味を悟る。ネイトフォードと仲良くしていたことに嫉妬したのだ。

ロンヴァイへの愛《いと》おしさが増して、胸が収縮する。

「私はずっとロン様のものですよ？」

「言葉じゃ足りない。身も心も、サリの全てが欲しいんだ」

心臓を掴まれたように甘い痺《しび》れが全身を駆け巡っていく。

「全部あげます。ロン様、大好き」

背中に手を回すと抱きしめる力が強まって、その愛情の深さに嬉しくなる。

「……っ」

「…………戻るか」

ロンヴァイは顔が見えないようにそっぽを向きながら、手を繋《つな》いで川辺まで戻っていく。後ろから見えるロンヴァイの耳が真っ赤で、サリュマーナはまたくすぐったい気持ちになった。

野宿の準備を進めていると、ユンフィーアを抱きかかえたホーバードがやってきた。

「ユン大丈夫？」

「はい。ありがとうございます」

森に入るまでは喧嘩《けんか》をしていた二人も、どうやら仲直りをしたようで安心した。

五人が無事に揃うと、次第に陽《ひ》が落ちてきた。

小さな焚き火を囲みながら、採集した木の実や果物、川魚の串焼きで胃を満たしていく。

「カトラリーがない……」

「これ、手で食べるのですか？」

串に刺さった焼き魚の食べ方がわからなくて、ネイトフォードとユンフィーアが困惑している。森のない隣国の高位貴族であるネイトフォードと、伯爵令嬢だったユンフィーアは、もちろん野宿の経験はない。

「こうしてかぶりつくんだよ」

黒騎士団の騎士である男性二人は、難なく食事を平らげていく。二人はこんな時まで所作が綺麗《きれい》で、思わず感動してしまった。生まれながらに刷り込まれた動きは、些細《ささい》な動作からでも品が溢《あふ》れるものなのだ。

「こう……？　んっ、苦い……」

「ユンヒさん、魚のお腹《なか》側には内臓があるので苦いです。背中側から食べるのがいいですよ」

「そうなの。知らなかったわ」

貴族の食事に出てくる魚は、内臓処理された切り身の状態で出てくるのが一般的だ。下処理もなく、ただ焼いた魚を食べるのは初めてなのだろう。

「ふふ、猫みたい……」

小さな口で懸命に魚を齧《かじ》っているユンフィーアを見ていると、白猫が一生懸命食事をしているようだった。

「た、食べにくい……」

「山菜なら食べやすいでしょうから、明日からはお野菜メインにしましょうか！」

「あああっ、魚は美味《おい》しいな！」

野菜嫌いのネイトフォードが慌てたように川魚にかぶりつく。その必死さが素直で微笑ましい。

「そういや、今までにバードが見つけた泉の場所ってどんなところにあったんだ？」

「んー、やっぱりどれも人間が簡単に辿り着けないところにあったよ」

ある程度お腹が満たされたロンヴァイが、これからの参考に今までの泉の発見場所を聞く。

「大きな木の幹の穴の奥や高い崖の頂上。媚薬《びやく》花の花畑の真ん中にあったところもあったなぁ」

どれも簡単に手の届く場所にはなかった。

やはり泉を見つけるのは、そう容易ではないようだ。

「ロン様が飲んでしまった泉は何処《どこ》にあったのですか？」

「崖の途中の、岩の割れ目みたいなところから水が溢れてた。ギリギリ足の踏み場があったからなんとか辿り着けた感じか」

「それってロンヴァイ様以外は行き着かないのでは……？」

ユンフィーアの呟きに同意する。

ロンヴァイの身体能力は非常に高い。一般人はそのような危ないところを、命綱もなしに行くことはしないだろう。

「どちらにしろ、辿り着くまでにある程度の障壁は、覚悟しなければならないのですね」

サリュマーナはパチパチと爆《は》ぜる火を見つめた。

「今は魔法も使えるし、今までの経験を踏まえても、真剣に取り組めば任務完遂ができるとは思うよ」

「そうだといいですけど……」

四年もの間、一人で極秘任務に従事していたホーバードの言葉には説得力がある。

「明日は騎士団もあまり把握していない森の奥深くまで入っていく。魔獣に出会わずに泉が見つけられたらそれが一番だが……まぁ無理だろうな」

今日のところは大きな戦闘もなく、無事に森の中を進むことができた。それはこの辺りが黒騎士団が熟知している地だからだ。

魔獣の生息地を避け、比較的安全な道のりでここまで辿り着いた。

しかし明日以降は情報が少ない道のりを進まなければならない。一段と気を引き締めなければ。

「ちなみにネイト様、魔獣を討伐した経験は？」

「ない。訓練なら受けたが」

堂々と胸を張るネイトフォードからは、魔獣に対して恐怖心を感じられない。よほど自分の魔法の実力に自信があるのだろう。

「ネイト様は大人しくユンたちと結界内にいてね……」

「ホーバードとロンヴァイの動きについていく自信はないからな。まぁ、守りは任せてよ」

「心強いですわ」

ネイトフォードに満面の笑みを向けるユンフィーアを、どす黒い邪気を放ちながら笑顔で見つめるホーバードが恐ろしい。

空を見上げると、月が皓々《こうこう》と光っている。

――必ず五人で生きて帰る。

改めて極秘任務の危険性と重要性を思い出して、身が引き締まる思いがした。

魔獣が生息する森の中で一夜を過ごし、無事に朝を迎えた。

ネイトフォードの結界魔法によって身の安全は守られ、また結界内は適度な空調管理機能まで備えられていて、思っていたよりもずっと快適に過ごすことができた。

今日は森の奥地へと入っていくため、五人揃って進んでいく。

魔獣の足音や鳴き声など、わずかな音でも危険を察知するため、会話はなく黙々と歩く。

視界が開けた場所へ出ると、そこには一面に花が咲き誇っていた。

赤い花弁は上を向いていて、幻想的な花だった。

「わぁ……っ！」

その美しさに感動して、サリュマーナが声をあげているとユンフィーアに腕を強く掴まれた。

「早く鼻に布を当てて。あの赤い花はタシューカという痺れ花よ。花粉を体内に取り込むと、体が動かなくなるわ」

「そうなんですね……！」

サリュマーナは慌ててハンカチを取り出して鼻に当てる。近づかないように距離を保ちながら、花畑を横切っていく。

「ユンヒさん、花に詳しいですね」

「昔、育てていたことがあるの。タシューカは農作物が害獣に荒らされないように、防止のために植えられることが多い花なのよ。毒性は比較的弱くて自然治癒で治るけれど、用心したほうがいいわ」

ユンフィーアの博識に感心する。

サリュマーナも今回の任務にあたって、植物図鑑に目を通してきた。けれど食用のものばかり学んでいた。

極秘任務の危険は魔獣だけではないのだと、改めて突きつけられた。

「もう少し進んだ先で、一度休憩にしよう」

見晴らしの良い場所で、一度足を休める。

ロンヴァイとホーバードは武器を地面に置き、肩を回していた。

ユンフィーアは皆の手が届きやすいように、布に包んでいた野苺を真ん中に置く。

「ユン疲れてる？」

「大丈夫ですわ」

「サリは？」

「私は全然平気で……」

答えようとして、急に目の前が真っ暗になり、言葉が途切れる。ふわふわとした感触が顔に当たって、一瞬何が起きたのかわからなかった。

「ふぇっ？　なに……！」

視界を塞ぐものをむんずと掴む。ふわりと指が沈みこみ、柔らかな感触が伝わってくる。

「ミュ？」

そう可愛《かわい》らしく鳴いたのは、真っ白な毛をした生き物だった。両手で掴めるほどの小ぶりな体格で、丸くて鮮やかな紫の瞳が印象的だった。

手足があり、丸みのある耳のようなものがある。しかし犬でもなく猫でもなく兎《うさぎ》でもない、見たことのない動物だった。

「なっ、なにこれ可愛いぃっ！　んむ！」

「ミュー！」

サリュマーナが黄色い声をあげた瞬間、再び視界を塞ぐように顔面に飛びつかれた。

「サリ、大丈夫か！」

ヒュン、と剣を振る音が聞こえて、サリュマーナは慌ててその小動物を腕の中に囲った。

「だめっ！　ロン様、殺しちゃ駄目です！」

「何故だ。どう見てもこれは魔獣だろう」

「魔獣……かもしれませんが、こんな可愛い子を殺《あや》めるなんて！」

「小さくても魔獣は魔獣だ。ほらサリ、危ないからこっちへ渡して」

「危なくないです！　こんなにふわふわで小さくて愛らしいのにっ！」

サリュマーナが頑なに守り、嫌々と首を振るものだからロンヴァイも諦めて剣を鞘《さや》に納めた。

「この子、本当に魔獣なのかしら？」

ユンフィーアが覗き込むと、その動物は「ミュー」と小さく鳴いた。丸く垂れた耳をパタパタと動かし、宙にふわりと浮き上がる。

「やんっ、可愛いー！」

「ユンヒさん、触ってみてください。ふわっふわなの！」

「ほんと、羽根みたいね！　この丸いお目目、なんだかシュリカを見ているようだわ」

「確かに！」

一年前に共に騎士団専属娼婦として働いていたシュリカを思い出す。アメジストのような紫の瞳をした、正直で素直な物言いの可愛らしい女性だ。

空中に揺れる綿のような動物は、サリュマーナの瞳を覗き込み、楽しそうに「ミュ、ミュッ」と声をあげる。

どうやら、青緑色の変わった瞳の色を気に入ったようだった。右目、左目と交互に近づいては、サリュマーナの眼球を舐め回すように見つめてくる。

「浮いてるし……やっぱり魔獣かな。でも核がないし、こんな姿をした魔獣なんて今まで見たことないなぁ……」

「ギュアロス国でも見たことがない。いったい何なんだ？」

ホーバードとネイトフォードは得体のしれない生物をじっと観察する。

瞳で遊ぶのに飽きたのか、不思議な生き物はサリュマーナの腰にある鞄の中にするりと潜り込んだ。ちょうど居心地の良いポイントが見つかったのか、鞄から顔だけ出すと目を閉じてスヤスヤと眠ってしまった。

「あれ、寝ちゃったわ……」

突然顔面に張りついてきて、くるくると飛び回った後は鞄に入って勝手に眠ってしまって。

その自由奔放な振る舞いまで、シュリカによく似ている。

「あの、害はないようですし、この子を連れていってもいいですか？」

「爪も牙もない。確かに、危険はなさそうだね」

「うん……。危ないと判断したら、そのときは容赦なく始末する。いいな？」

「はい！　私が責任を持ってお世話します！」

ロンヴァイとホーバードから無事に同行の許可を得た。

サリュマーナが鞄から飛び出ている頭を撫でると、心地よさそうに「みゅう……」と鳴いていた。

ふわふわで愛くるしくて、とっても可愛いわ……！

キュンと乙女心を鷲掴《わしづか》みにされる。

「ふふっ。自由で素直で……見た目だけではなくて、本当にシュリカみたいな子ね」

「じゃあこの子はシュリと呼びましょうか」

「いいわね」

ユンフィーアと顔を見合わせてクスクスと笑う。

天真爛漫《てんしんらんまん》な友人を思い起こして、ぴったりだと納得する。

「これからよろしくね、シュリ」

サリュマーナはもう一度真っ白な毛を撫でた。


長年の経験なのか、野生の勘なのか。

ホーバードとロンヴァイは時折意見を交わしながら、魔獣と鉢合わせない経路を模索していく。

「この辺りに足跡や糞尿《ふんにょう》は見当たらない。比較的安全な場所だろう。一旦ここで休憩するか」

「魔獣の食跡がある。まだ新しいな……身体強化して、早く通り過ぎるよ」

「不自然に葉が揺れる音がする、気をつけろ。近くにいる」

五感を研ぎ澄ませ、細心の注意を払いながら先を進む。

ビトラ国の騎士二人の洞察力と観察力の鋭さは、サリュマーナの想像を超えた。森に慣れているサリュマーナですら、見逃してしまうような小さな跡を的確に見分ける。

ロンヴァイとホーバードが、いかに高い実力を兼ね備えているかが窺《うかが》えた。

「止まって。向こうに何かいる」

途中近づいてこようとする魔獣がいたが、その度にホーバードが弓矢で仕留めた。

魔法で氷の矢を創り出し、若草色の魔力をまとわせた弓矢の威力は凄まじかった。素人のサリュマーナは、ただ魔力の残影しか追うことができない。

ホーバードが剣を振るうところは見たことがあったが、得意の弓を射る姿は初めて見た。

獲物を捕らえる、鋭く細めた眼。

天に真っ直ぐ伸びる凛《りん》とした姿勢。

弓を引くときに盛り上がる、肩の筋肉。

長髪が風に揺らめく様は、まるで教祖神のようだ。

「ビトラ国随一の弓使いという噂《うわさ》は本物だったか」

「すごい……」

「バード様……」

サリュマーナはポカンと口を開け、ユンフィーアはホーバードに見惚れ、羨望《せんぼう》の眼差《まなざ》しで見つめていた。

こうして一行は、さらに森の奥を目指して進んでいく。

「着いたな」

ようやく宰相から示された場所に辿り着く。

流れの緩やかな小川のそばには、大小の洞窟があった。入り口は人が一人ギリギリ入れるほどの大きさから、王城の門ほどの大きさのものまで規模は様々だ。

「俺とバードが交互で入って見ていくか」

「そうだね。でもその前に少し休憩してからにしようよ」

「わかった。とりあえず入り口の周りだけ見てくる」

到着早々、ロンヴァイは下見に向かった。

ホーバードはモノクルの魔道具を取り出し、川の水を観察する。川の水が魔水ではなく、純粋な水だと確認してから、渇いた喉を潤した。

四人は道中で採集した木の実を口に入れる。

「シュリ、ずっと眠っているのですが、お腹空かないんでしょうか？」

「確かに起きないわね」

岩を椅子がわりにして座り、気になっていた点を指摘する。

「声をかけても頭を撫でても、全く起きないんです」

「まぁ息はしているようだし、気にしなくてもいいんじゃない？」

もぐもぐと小腹を満たしながら、ホーバードも口を挟む。

洞窟の様子を観察してきたロンヴァイは、岩に腰掛け、水を一気に呷《あお》った。

「小さいのが五個、大きいのが二個だ。魔獣の痕跡は見当たらなかったから、この辺りは比較的安全のようだな」

目的の洞窟を前にして、いよいよ緊張感が高まっていく。

軽く胃を満たした後、一人きりで小さな穴へ入っていく背中を見守る。

「何もなかったよ」

「ここもはずれだ」

ホーバードとロンヴァイが交互に狭い洞窟に入っていく。二人の安全を祈りながら、大人しく外で戻りを待った。

小さな洞窟はどれもすぐに行き止まりになっているようだった。

残りは大きい洞窟が二つ。五人が入っても十分な広さがあるので、全員で進むことになった。

ネイトフォードが魔法で光の玉を作ると、周辺に付き添うようにゆらゆらと漂う。これで暗闇の中でも、光源が確保できる。

「行こうか」

穴に入ると湿度が高く、じめっとした閉鎖的な空間は、独特な臭いが鼻についた。

足元に気をつけながら、奥に入っていく。

「なんだ、これ……」

少し進んだ先で、先頭を歩くホーバードが驚きの声をあげて立ち止まった。

高身長なホーバードの横から前を窺い見ると、そこにはキラキラと輝く石があった。

「まぁ、なんて綺麗なの……！」

足元から天井まで、びっしりと石に覆われた空間がそこにあった。氷柱《つらら》のように鋭利に突出しており、ただの岩石ではないことが一目瞭然だ。

その石は光魔法に反射して輝き、不思議な色をしている。金色に薄らと深紅が混ざっている石と、銀色に翡翠《ひすい》色が混じる石がある。

その煌《きら》びやかな輝きは、まるで宝石箱の中に紛れ込んだようだった。

「一見美しい水晶のようだけど、違うね。……もしかして」

何かを考え込むように、ネイトフォードが石に触れる。

壁から突き出るように生えるそれをじっくり観察していたホーバードは、一部を剣で刈り取った。

銀と翠《みどり》が交差する石は、徐々に色を失い、最終的に真っ黒な石へと変化した。

色の変化を見たホーバードは、確信したように振り返った。

「間違いない。これは結び石だね」

「えっ、結び石……?!」

想定外の言葉が出てきて、サリュマーナは目を見開いた。

贈った人と受け取った人が、必ず結び会えるという、不思議な魔力を宿す『結び石』。

サリュマーナも結婚前にロンヴァイから贈られたことがあり、二人を結びつけてくれた思い出のある石だ。

「こんなにたくさん……しかも洞窟にこんな風に生えているなんて、驚きました」

「あぁ、今までビトラ国で発見された結び石は、全て魔獣の体内から見つかっている。もしかして、この洞窟に入った魔獣が誤って飲み込んだのか……？」

「とにかく上に報告だね。この石も持ち帰って、魔導士長に見てもらおう」

確かに、ここで議論したところで真相はわからない。素材を持ち帰り、分析して仔細《しさい》を調べる必要がありそうだ。

「ミユ、ミユ！」

「あっ、シュリ……！」

いつの間にか目を覚ましたシュリが、乱反射する結び石に近づいて、跳ねるように飛び回る。

「綺麗ね。シュリは光るものが好きなの？」

「ミュッ！」

瞳を輝かせるシュリの顔には、わかりやすく大好きと書かれているようだ。

「あぁ、だから出会い頭にサリーちゃんの顔に飛びついたんじゃないかな」

「確かに、サリーちゃんの瞳は宝石みたいに綺麗だものね」

ホーバードとユンフィーアに瞳を褒められて、気恥ずかしくなる。

確かにサリュマーナの瞳は青と緑が混じる、珍しい色をしている。

ダンスをするようにくるくると回るシュリを、微笑ましく見つめた。

「洞窟はここで行き止まりだね、残念。泉はなかったな」

隈《くま》なく洞窟内を調べたホーバードが残念そうに呟いた。

シュリを肩に乗せ、来た道を戻っていく。

外に出て陽に当たると、再び眠くなったのかシュリは鞄の中に戻ってしまった。

「シュリ、お腹空いてない？　お水飲む？」

「ミュ……」

そのままコテンと眠ってしまった。どうやらこの不思議な生物は、食事が必要ないらしい。ということはおそらく排泄《はいせつ》もしないのだろう。

「その白い綿も、一度王城で診《み》てもらったほうがいいかもな」

「そうですね」

王都へ帰還した際は、絶対にシュリに危害を加えられないように強く進言しようと心に誓うサリュマーナだった。

八　騎士団専属娼婦《しょうふ》としてのお役目

結び石の洞窟を出て、最後に一つ残った洞窟の入り口に立つ。

七つある中で、最も入り口が大きい。光魔法で照らしてみると、すぐ先は崖のように垂直降下しなければ先に進めない形状になっていた。

「魔法がなければ絶対に入れないね」

「あぁ。この奥に泉がありそうだ」

ロンヴァイは近くに生えていた蔓《つる》を引き抜き、魔法をかけて強度を高めロープの代わりにする。

大きな岩にしっかりと結び、崖の奥へ放った。

「よし、降りるか」

ロンヴァイはサリュマーナを背負うと、身体強化魔法を発動させる。片手でロープを掴《つか》んで器用にするすると降りていった。

ホーバードとユンフィーアも同様に着地し、ネイトフォードもそれに続く。

白い鍾乳石《しょうにゅうせき》が生える洞窟を進んでいく。先程の洞窟よりも地下深くにあるためか、気温が低い。ひんやりとした空気に、思わずぶるっと身震いした。

「寒いか？」

「少しだけ……でも大丈夫です」

肩を丸め腕をさすっていると、ロンヴァイが騎士服の上着を脱ぎ、肩に掛けてくれた。

「あ……ありがとうございます」

「ん」

上着からロンヴァイのぬくもりが伝わってきて、胸がときめく。

おそらく、ロンヴァイは無意識だ。すぐに真剣な顔つきになって、真っ直ぐ前を見つめている。

ロンヴァイのそういうさりげない優しさが、大好きで仕方ない。

だめだめっ、今は任務中なのだから集中しなきゃ……！

邪《よこしま》な気持ちを隅に追いやる。いつ何が起こるかわからない、危険な洞窟なのだ。

上着に腕を通すとぶかぶかで、指先すらも出ないため袖を折った。

先導するホーバードに続いて、不気味な洞窟を進んでいく。ひゅうっと湿った風が通り抜けていった。

「どうやらこの先は、外へと通じているようだね」

洞窟の中に空気の通り道があるということは、必ず出口があるということだ。意識を集中させながら前へと進む。

パラパラと頬に砂のようなものがかかり、サリュマーナは上を見上げた。すると天井の一部が崩れ落ちてくる。

「危ない……っ！」

咄嗟《とっさ》に横にいた人の手を引っ張り、後ろへ退く。ドドドという轟音《ごうおん》と共に、一瞬で目の前が土の壁で隔たれてしまった。

「ごほっ、ごほ……」

大量の土煙で前が見えない。

「サリュマーナ、大丈夫か！」

ネイトフォードに手を引かれ、なんとか立ち上がる。

「サリ！　大丈夫か！　聞こえるか⁉」

「サリーちゃんっ！　ネイト様！」

「大丈夫です、無事です！」

心配するロンヴァイとユンフィーアの声に応《こた》える。

怪我《けが》はなかったものの、洞窟は完全に二分され、ネイトフォードと二人きりになってしまった。

「魔法で土砂を取り除くことは簡単だけど、洞窟が崩れてしまうかもしれない。あまり魔力は消費したくなかったけど、ここは転移魔法で……」

「ネイト様、あれ！」

後方から羽ばたきの音がして振り向くと、一体の蝙蝠《こうもり》がこちらに向かってくる。

鋭く尖《とが》った歯に、額から突き出る水晶の核。間違いない、魔蝙蝠だ。

「さっきまで何もいなかったのに……！」

「サリュマーナは下がっていて。あれくらいの魔獣一体なら、僕でも討伐できる。……多分」

ネイトフォードは大きく息を吐き出し、掌《てのひら》に大量の武器を創り出す。鋭利な刃物のような武器を、魔蝙蝠めがけて投げつけた。

ギギギギギ――――！

負傷した魔蝙蝠は不気味な鳴き声をあげながら、なおも二人に近づいてくる。

「これならどうだ……っ！」

ネイトフォードは魔蝙蝠の周りを囲い、身動きを封じて再度武器をぶつける。急所に当たったのか、魔蝙蝠は息絶えてその場に落ちた。

「………倒した……」

「すごいっ！　すごいですネイト様！　やりましたね！」

放心状態のネイトフォードの手を握り、ぶんぶんと大きく振る。

「見事な攻撃魔法でした。助けてくださり、ありがとうございます」

満面の笑みを向けると、我に返ったネイトフォードが顎をしゃくり上げる。

「あれくらいの小さな魔獣なんか、余裕に決まってるだろ」

「ふふ。素晴らしい魔法でした」

サリュマーナが過剰なほど褒めると、ネイトフォードは気をよくしたのかいつものように快活な笑顔を見せた。

「何があった!?　大丈夫か！」

「大丈夫です！　ネイト様が討伐してくださいました」

心配するロンヴァイの声に応える。

「転移魔法でそっちへ行くつもりだったけど、地上で合流したほうが賢明だな。またいつ魔獣が現れるかわからないし。魔力はあまり消費したくない」

「わかった。地上で落ち合おう」

土壁越しに、ロンヴァイたちと再会を約束する。

転移魔法は高度な魔法で魔力消費量も多い。魔法騎士がそう判断するのなら、それが適切なのであろう。

ネイトフォードと二人、周囲に気を配りながら来た道を戻っていく。

「向こう側に泉が見つかるといいですね……」

「あとはホーバードたちに任せておけば問題ない。僕たちは先に地上に出て安全を確保しよう。また魔蝙蝠が現れるかもしれないし」

「はい」

ネイトフォードの魔法の力を借り、なんとか洞窟の入り口まで戻る。

そしてネイトフォードは辺り一帯に簡易的な探知魔法を張り巡らせた。一定範囲内に何者かが侵入した際、すぐに察知できるというものだ。

ネイトフォードによると、防御結界魔法のように侵入を弾《はじ》くものではないが、魔力消費が少ないため魔力を温存できるメリットがあるらしい。

身の安全を確保しながら待っていると、しばらくして三人が戻ってきた。

「サリ、無事でよかった……！」

人目もはばからず抱きしめられて、気恥ずかしさを感じつつも抱擁を受け入れる。

「ネイト様もご無事で何よりですわ」

「ああ。それよりも創世の泉は？」

「残念ながらなかったよ。宰相の憶測は外れだった。あーあ、絶対あると思ったのになぁ」

ホーバードがぐしゃりと頭を掻《か》く。

創世の泉が存在する可能性が最も高いと思っていた場所が、そうではなかった。振り出しに戻ることになる。

「そう、簡単には見つからないのですね……」

しゅんと落ち込むサリュマーナの頭を、ロンヴァイが宥《なだ》めるように撫《な》でた。

「大丈夫、絶対見つける」

「……はいっ」

力強い眼差《まなざ》しを見て、サリュマーナも上を向いた。

くよくよしていても仕方がない。

「まぁ……ユンと一緒なら、何日かかろうが何ヶ月かかろうが、別にいっかー」

「意味がわかりません、私は嫌ですわ。一秒でも早く森から出たいです！」

「魔獣の森の中じゃ、僕なしで生きていけないもんね？　何をするにもユンが僕に頼ってくれるの、癖になりそう……」

「バード様？　こんなところで、何を言っているのですか……！」

いつもの痴話喧嘩《げんか》が始まり、緊張の糸が緩む。

当てが外れた落胆はあったものの、重苦しい空気にはならなかった。

いつの間にか陽《ひ》が大きく傾きつつあった。

「今日はこの辺りで夜を過ごして、明日からの作戦を考えるか」

「そうだね」

うーんと両手を伸ばすロンヴァイの背中を、つんつんとつつく。

「ん?」

「ロン様、上着ありがとうございました」

「あぁ、もう平気か?」

「はい。助かりました」

脱いできちんと畳んだ上着を、ロンヴァイに返す。

「わざわざありがとう」

サッと上着に袖を通す。

「……服からサリの匂いがするな」

「私も、お借りしたときにロン様の……」

なんだか言っているうちに羞恥心がむくむくと膨れてきて、最後まで言葉を紡《つむ》げなかった。顔に熱が集まってくる。

任務中にロンヴァイの香りがして嬉《うれ》しくなっただなんて。そんな変態じみたことを言って、引かれてしまうかもしれないと思ったのだけれど、よくよく考えるとお互い様だ。

「また寒くなったら言って」

「はぃ……」

無性にロンヴァイに触れたくなってしまって、そんな下心を隠すように下を向く。

夜に向けて薪《たきぎ》を拾い始めたロンヴァイの背中を、熱い視線で見つめる。

遠征同行中なのに、ロンヴァイのぬくもりが欲しくなってしまった。

私ったら、こんなときに何考えてるの……！

パチンと頬を叩《たた》き、気持ちを入れ替える。

採集した果実を川の水で洗おうと麻袋を持ち上げたところで、ネイトフォードの慌てた声が響き渡った。

「何かが近づいてきてる！　数十……ものすごい数だ！」

弾かれたように身体《からだ》が反応した。麻袋を投げ出し、すぐさまユンフィーアとネイトフォードの元へ走り出す。

「サリーちゃん……っ」

「ユンフィーアとサリュマーナ、絶対僕のそばから離れないでよ」

ネイトフォードが掌をかざすと、ドーム状に結界が構築される。ギュアロス国を守る結界と同じ、複雑な魔法陣が金色に揺らめいていた。

三人が結界内に避難したことを確認したロンヴァイが剣を持ち、魔獣の出現に備える。

巨大な岩場に立ち、高い場所から弓を構えるホーバードが声を張り上げた。

「ロン、魔蝙蝠だ！　数は三十……いや五十近くいるね」

「そうか。なかなか厄介だな」

対峙《たいじ》した魔蝙蝠は、大群でやってきた。

「魔蝙蝠……もしかしてさっき僕が討伐したやつの仲間か!?」

「魔蝙蝠は死体の腐敗臭で仲間を呼び集める。討伐後は焼き払う必要があるんだ」

「それは、知らなかった……すまない」

「仕方ない。洞窟ではぐれてしまった俺たちにも落ち度はある。ネイト様、サリたちを頼んだ」

悔しそうに顔を歪《ゆが》めるネイトフォードに、ロンヴァイが目配せした。

サリュマーナの位置から確認できるだけでも、魔蝙蝠はかなりの数だ。

ギギギ……という威嚇するような鳴き声が幾重にも重なり、身体の奥底から震えが止まらなくなる。

隣に立つユンフィーアは、初めて近距離で見る魔獣に顔面蒼白《そうはく》だった。

「大丈夫、絶対にロン様たちが討伐してくれるわ……！」

サリュマーナは祈るように手を組んだ。

全身に橙《だいだい》色の魔力をまとわせたロンヴァイは、臆することなく群れの中心に突撃していった。魔蝙蝠に全方位から囲まれても、全く動じていない。

魔力をまとわせた剣が、勢いよく空《くう》を切り裂き、魔蝙蝠を両断する。

地上からは届かない上空にいる魔蝙蝠には、ホーバードの矢が飛んでいく。

光のごとく突き抜ける氷の矢は、魔獣の体を貫通し、地面に突き刺さった。

ギッギギギ――――ッ！

恐ろしい断末魔の叫びが響く。

骨を断つ音、血飛沫《ちしぶき》の音、矢が勢いよく飛んでいく音。森の色鮮やかで豊かな自然の色が、血の色で染まっていく。

目を塞ぎたくなるような、悲惨な光景に息をするのも忘れてしまう。

魔獣は本来、何の害もないただの動物だった。知らず知らずのうちに創世の泉から湧き出る魔水を飲んでしまい、魔力を得てしまったがために凶暴化してしまう。

魔水なんて飲まなければ。魔獣にならなければ。

こんな風に一方的な暴力で蹂躙《じゅうりん》されることもなかったのに。

たとえそれが自分たちの身を守るためや、生活のためだとしても。無作為に命を奪うのは見ていて心が痛い。

「ミューウ」

「あっ、シュリ！」

鞄《かばん》の中から抜け出し、ふわふわと宙に浮かぶシュリを追いかける。

どうやら薄《うっす》らと透ける結界の魔法陣が気になったようだ。魔法陣は黄金色に輝き、シュリの好む輝かしい色合いをしている。

「サリュマーナ、結界には近づくな！　中央が一番安全だ！」

「はい！　すぐに戻ります！」

ネイトフォードの忠告に、力強く返事する。

この小さな生き物は危険と安全の区別はできない。だからなんとしても自分が守らなければならないのだ。

結界に近づき、不思議そうに結界を観察しているシュリの体を両手で掴む。

「シュリ、これは私たちを守ってくださる結界の魔法よ。今はすぐそこに魔獣がたくさんいてとても危ないの。だからこの結界の外に出ては駄目よ」

サリュマーナの言葉が通じたのか、「ミュッ」というシュリの元気な声が聞こえた。

「お利口ね。さぁ、ネイト様たちのところへ行きましょう」

ネイトフォードに言われた通り、端にいるのは危険だ。結界の中央部へ戻ろうとシュリの体を引くと、するりと抜け出してしまう。

「こらっ、シュリ……！」

キャッキャッと楽しそうに笑ったシュリは、その勢いのまま金色にきらめく結界にキスをした。

その瞬間、パリンという大きな破裂音と共に、ネイトフォードが構築した強力な結界が跡形もなく消え失せる。

「えっ」

突然起こった予想外の事態にどうしたらいいかわからない。

「どうして——っ!?」

「きゃあぁっ」

ネイトフォードとユンフィーアの叫び声が後ろから聞こえる。

とにかく、この小さな生き物は守らなくては――！

シュリの姿を確認できているのはサリュマーナだけだ。守れるのは自分しかいない。サリュマーナは急いでシュリを胸に抱きかかえ、ネイトフォードたちの元へとひた走った。

二人までの距離はそう遠くない。今はとにかく安全を確保しなければならない。

サリュマーナは顔を上げると、ネイトフォードとユンフィーアに近づく一体の魔蝙蝠の姿を捉えた。困惑した二人は、上空にいる魔獣の存在に気づいていない。

「ネイト様、ユンヒさんっ……！」

――このままでは間に合わない。

サリュマーナは咄嗟に二人に突進して覆いかぶさった。

その瞬間、じゅうっと背中が焼けるような熱さに襲われる。魔蝙蝠の吐いた毒液が、サリュマーナの背にかけられたのだ。

「ユン!!」

結界の消失に気づいたホーバードが、矢で一体の魔獣を仕留めた。

「ネイト様、結界を！　早く！」

ハッと我を取り戻したネイトフォードが、急いで結界を再構築した。再び薄らと金色に輝く膜に覆われる。

「くそっ、なんでこんなことになったんだ……!?」

「サリーちゃん、せ、せなか、怪我が……」

「サリュマーナ、少しの間我慢してくれ。魔獣討伐が終わったらすぐに治癒魔法をかけてやるから！」

「うっ、わたしは、だいじょうぶ、ですから……」

なんとか顔を起こしたものの、焼けただれた皮膚は猛烈に痛い。左手首の魔法痕がじんわりと光っており、毒液の攻撃をいくらか軽減してくれているのだとわかった。

腕の中にしっかりと抱きしめていたシュリも無事なようで、ほっと安堵《あんど》する。

「サリーちゃんごめんね……っ、私たちを庇《かば》って……私何にもできなくて……」

「ユンヒさん、けががなくて、よかった、です」

体を動かすこともままならず、地面にうずくまる。激しい痛みに思わずうめき声を出しそうになったが、皆を心配させてはいけないと必死に声を呑《の》み込んだ。

ユンフィーアがハンカチで汗や土で汚れた肌を拭ってくれた。その手は震えていて、今にも泣きだしそうだったが、懸命に涙をこらえてサリュマーナの世話を焼いてくれた。

「サリュマーナ大丈夫か！　ホーバード、ロンヴァイ、あともう少しだ。頑張ってくれ……！」

ぼやけた視界の中で、煉瓦《れんが》色の髪が見える。強くて優しい、世界一愛《いと》おしい色。

逞《たくま》しい後ろ姿を見つめながら、自分のことよりもロンヴァイが怪我をしていないかが気になってしまう。

命を奪う恐怖。

命を奪われそうになる恐怖。

大切な命を目の前で失いそうになる恐怖。

血みどろで悲惨な状況を迷いのない瞳で見据え、剣を握るロンヴァイ。その表情に、怯《おび》えは一切なくて。

格好良いとか、強いとか、そんな言葉では表せない。

ロン様が無事でありますように……。皆に怪我がありませんように。

討伐を完遂するまでの間、サリュマーナは痛みに耐えながら皆の無事だけを祈っていた。

「サリッ！」

一瞬意識を失っていたのか、ロンヴァイに抱きしめられて目を覚ます。相変わらず背中は沸騰しているかのように熱くてジクジクと痛む。

「ろんさま……」

「魔獣は全て討伐した。俺が治癒してやるから。もう大丈夫だ」

「おけがは……」

「皆元気だから。心配しなくていい」

そう告げられて全身の力が抜ける。ロンヴァイの大きな手が背中に添えられて、ふわりと優しい魔力が注がれる。背中の痛みが溶けるようになくなっていった。

「魔法痕《これ》がサリを守ってくれたんだ。本当に、よかった……」

赤くただれていた背中の皮膚が、ゆっくりと元通りになっていく。痛みも完全になくなった。毒液により焼けた衣類も、魔法により修復された。

「魔蝙蝠の吐く毒液は、死に至る猛毒なんだ。まともに浴びて生き残れたのは、魔法痕による守りの加護のおかげだよ。いやあ、九死に一生を得たねサリーちゃん」

ホーバードが額にかいた汗を拭いながら、穏やかに微笑《ほほえ》んだ。

「サリ、生きていてよかった……」

いっぱいに涙をためている橙色の瞳がとても綺麗《きれい》で、サリュマーナも思わず泣きそうになった。

大きな体にしがみつく。ぬくもりが、鼓動が、生きているのだと教えてくれる。

「サリュマーナ、痛みはもう大丈夫か？　その……助けてくれて、礼を言う」

「さ、さりーちゃん……よかったぁ……」

「サリーちゃんは無茶しすぎ。だけど、ユンを助けてくれてありがとう」

皆顔に疲労の色が出ていたものの、大きな怪我もなく無事のようだ。

ようやく助かったのだという実感が湧いて、笑みがこぼれた。

「ロンヴァイ、僕がやるって言ったのに、治癒魔法を使って……あんまり無理して倒れるなよ」

「サリを守るのは、俺の役割だから」

ロンヴァイがさも当然のように言うものだから、ネイトフォードは呆《あき》れたように嘆息した。

「魔力は脳に宿る。魔力と脳は常に連動していて、魔力が枯渇してしまうと脳は傷ついてしまう。そして一度傷ついた脳は、元には戻らない。記憶障害や身体麻痺《まひ》、最悪の場合は死に至ることもある。

僕がいるんだから、無理せず素直に僕を頼ればいいのに……」

ぶつぶつと文句を言いながらも、ネイトフォードは立ち上がったサリュマーナとロンヴァイに、浄化魔法をかけて破れた衣服や汚れを清潔にしてくれた。

「ありがとう」

「何度も言うけど、魔獣の森ではある程度の魔力量を常に維持しなければ、足を掬《すく》われることになるんだからな！　だから無茶するなよ！」

ネイトフォードに再度念を押して注意されたが、ロンヴァイは「あぁ」と歯切れの悪い返事をしていた。

おそらくまた同じ状況になれば、ロン様はきっと同じことをするでしょうね……とぼんやりと思った。

「本当……二人は似た者同士だな。無謀なことばかりして。僕がいなかったらどうなってたことか……」

「もうじき日が暮れる。早く移動しよう」

魔蝙蝠の死体を焼き払ったホーバードが、皆を急《せ》かす。

一行は少し離れた魔獣の痕跡がない場所まで避難する。

小川の上流に位置する場所は、見晴らしが良く、大きな岩がゴロゴロと散乱していた。

「この辺りでいいかな。じゃあ僕たちは向こうにいるから。じゃあね」

「え？」

「あぁ、わかった」

ホーバードはユンフィーアを捕まえると、岩の向こうへ移動する。

すっかり太陽は沈んで、周囲は闇に包まれ始めていた。満月の優しい光が、不気味な魔獣の森を皓々《こうこう》と照らしていた。

ロンヴァイは眠ってしまったシュリを起こさないように鞄を外し、そっと岩陰に置く。

ネイトフォードは周囲に結界を構築すると、食料袋からいくつか木の実を取り出す。そして残った二人にひらひらと手を振った。

「僕は疲れたからもう休むよ。明日からのことは、また朝に話し合おう。じゃあ」

「え？　あ、はい。おやすみなさい……」

ホーバードやネイトフォードは何故《なぜ》わざわざ離れたところに移動したのだろうと不思議に思いつつ、月明かりを頼りに荷物を整理した。

小さな川が、満月の明かりに反射してキラキラと輝いていた。

「はっ……はぁ……」

「ロン様、どうしましたか？　あっ、もしかしてどこか怪我をして――！」

「ちょ、止まって」

苦しそうに岩に手を置くロンヴァイを心配してそばに駆け寄ると、制止されてしまった。

「あと、一時間……いや、数十分でも休めばだいぶ魔力が回復すると思うから……今は俺に近づくな」

「ロン様、もしかして魔力を使いすぎて……？　私のせいで……」

顔は紅潮し、汗で髪が濡《ぬ》れている。呼吸は途切れ途切れで、見ているだけでも胸が痛んだ。

魔力を酷使したのは、サリュマーナのせいだ。魔蝙蝠の毒液を受けて負傷してしまったから。

特に治癒魔法は魔力量を多く消費してしまう、上級魔法だ。ただでさえ戦闘でたくさんの魔法を使っていたのに、サリュマーナを助けるためにロンヴァイはさらに身を削ることになってしまった。

「私が癒したら、ロン様は楽になりますか？」

「駄目だ！　魔法の反動だからといって、そんな理由でサリを傷つけたくない……」

頭痛がひどいのだろう。頭を押さえ、顔を歪めるロンヴァイを、ただ見ていることしかできない。

「私にできることはないのですか……？」

ロンヴァイが辛《つら》そうにしていると、自分まで辛くなってくる。

その痛みを取り除いてあげたい。慰めてあげたい。けれど心優しいロンヴァイは、サリュマーナを団娼婦《だんしょうふ》のように扱うことを忌避しているのだ。

「魔力が回復するまで……それまで、待ってくれ」

サリュマーナにみっともない顔を見せないように、ロンヴァイは岩に額をつけ、伏せてしまった。

——どうしたらいいの？　私にできることは、本当になにもないの？

どんな些細《ささい》なことでもいい。気休めでもいいから、最愛の人を癒したかった。ただ突っ立っているだけなんて、耐えられなかった。

近づくなと釘《くぎ》を刺されたが、それはロンヴァイの優しさだということは理解している。

魔力を酷使した身体は理性が利かなくなってしまうから、サリュマーナに乱暴してしまわないようにわざと遠ざけているのだ。

けれどサリュマーナは酷《ひど》くされても受け入れる覚悟はしている。そのために隣国で訓練を積み、騎士団専属娼婦として、ここまでついてきたのだ。

むしろ、今がサリュマーナの役に立つ時なのだ。

一歩、一歩と近づく。羞恥心がないわけではない。けれどロンヴァイを救いたいという気持ちが勝る。

サリュマーナは決心を固めた。

「ロン様を癒すのは、私だけです」

苦しそうに伏せていた顔が上がり、サリュマーナと向かい合う。立っていることすらしんどいのか、岩に背中を預けている。

サリュマーナを見つめる瞳は、扇情的な炎を宿していた。

「ロン様を愛しています。だから……触れることを許して」

ロンヴァイの瞳が切望するように揺れる。

返答を待つことなく、騎士服のボタンを外し、硬い筋肉に覆われている腹部を指でなぞる。凹凸のある逞しい身体は、ロンヴァイが今まで鍛錬を積み重ねてきた勲章だ。

サリュマーナの確固たる意志を感じ取ったのか、ロンヴァイは無理に止めることをしなかった。

「……サリ、せめて俺の両手を縛ってくれないか。今の俺は正常じゃない。自分でも何をするかわからない。もしサリに酷いことをしてしまったらと思うと……」

「嫌です。私はこの大きな手で愛してほしいの」

剣だこのある、温かくて優しい手。どんなときもサリユマーナを守り、愛してくれる手。

ロンヴァイの両手を自らの頬に当てる。

「好きです。大好き、ロン様」

橙色の瞳を見つめながら、そっと唇同士を触れ合わせる。乾燥してカサついた唇が、愛おしくて仕方がない。

「サリ……苦しい……っ」

ロンヴァイの熱のこもった吐息は、サリユマーナだけを求めていた。

その渇望するような声音がたまらなく嬉しい。自分を、自分だけを求める愛おしい人を、深く愛したい。たとえそれが乱雑で痛みを伴うような行為であったとしてもかまわない。

羽織っていたケープを脱ぎ、防護服を緩める。流石《さすが》に野外で全裸になるのには抵抗があった。

意を決して騎士服のベルトを外し、下衣と下穿《したば》きをおろした。

腹につくほど反り立った肉棒を両手で優しく包み込む。

「う……っ！」

ロンヴァイが大きくかんばせを歪めている。しかしそれは苦痛ではなく昂《たかぶ》りだ。

早く性衝動の苦しさから解放してあげたかった。

しっとりと濡れそぼった熱棒を上下に優しく擦《さす》る。

「サリ、キスしたい……して……」

「はい……」

暴れるような昂りと戦いながらも、甘えるように口づけを求めるロンヴァイに胸が締めつけられる。

深い口づけを交わしながら、ロンヴァイの手が防護服の隙間から入ってきて、胸の膨らみを撫でていく。

「んっ……」

舌を絡め合わせ、互いを食べつくすような濃厚な口づけに全身が熱くなってくる。手の中の雄がより硬度を増し、透明な液体で濡れて粘着質な音が大きくなってくる。

「んぁっ!」

突然胸の頂を摘まれて、敏感な身体が跳ね上がる。

「キスやめないで」

「んんぅ……」

一度離れてしまった唇が再び重なり合う。サリュマーナの素肌を愛撫《あいぶ》する手が下腹部に移動し、身につけていた下穿きの腰紐《こしひも》が解《ほど》かれた。

既に濡れている秘裂をなぞると、ロンヴァイの指が侵入してくる。抵抗なくあっさりと受け入れた蜜穴が、悦《よろこ》ぶようにロンヴァイを締めつける。

ロンヴァイの愛撫に負けないように、サリュマーナも必死で手を動かした。サリュマーナが頑張れば頑張るほど、比例するようにロンヴァイの手の動きも大胆になる。

サリュマーナの全てを知り尽くした指が、正確に敏感なところを刺激していく。だんだんと膨れ上がる快楽の蕾《つぼみ》が今にも弾けそうになったところで、指が引き抜かれた。

「もう、駄目だ……我慢できない……っ」

ロンヴァイはサリュマーナの手を上から包みこみ、激しく上下に動かした。先端から液体がどんどん溢《あふ》れて肉棒を濡らし、いやらしい音が鳴り響く。雄は今にも弾けてしまいそうに熱く膨らんでいた。

「ロンさま、あの、私がしますから……っ」

理性が薄れている今の状態で挿入すれば何をするかわからないと、一度吐精して落ち着かせようとしているのだ。

ロンヴァイの行動の意図を察したサリュマーナは、それを拒否するように大きな手をはねのける。岩にロンヴァイを押し倒し、不格好ながらも必死に蜜口に肉棒を押し当てた。

「私なら大丈夫だから。ロン様を癒したいの。だから我慢しないで」

「サリ待って、やめ――っ！」

自ら腰を下ろし、凶暴な肉棒を蜜園に迎え入れる。

「ひあぁぁ――っ！」

不安定な体勢で加減がわからず、最奥まで一息で突き入れてしまった。肥大した熱杭《ねつぐい》に敏感な場所を圧迫され、目の前にチカチカと星が瞬《またた》く。

「これやばいっ、あぁ……っ！」

本能に必死に抗《あらが》っていたロンヴァイも、流石に抑えが利かなくなった。興奮のまま容赦なく痙攣《けいれん》した膣《ちつ》内を蹂躙するように腰を突き上げる。

その激しい行為にバランスを保っていられなくて、必死に逞しい体躯《たいく》にしがみついた。

「あっ、ああっ、ろん……あぁっ！」

「愛してるっ、好きだ、好き……！」

ぐっと両脚を抱えられて宙に持ち上げられる。腰を激しく突き上げられて、先程よりも繋《つな》がりが深くなる。最奥を凶大な肉棒で穿《うが》たれて、あっという間に絶頂に押し上げられた。

「あああ――……っ」

「はあっ、くっ……！」

ドクンドクンという脈動と共に大量の白濁が流れ込んでくる。震える身体で熱を受け止めた。

大きな岩の上に優しく横たえられる。

「はぁ……愛してる。俺だけの癒し人」

「私も……愛しています。私だけの騎士様」

サリュマーナの顔面にキスを降らせながら、そのまま再び抜き挿しが始まる。

「サリ、サリ……もっと俺を癒して」

「んんぅ、ろんさま、すきっ……」

ひんやりとした夜風が気にならないほど、くっついて熱を分け合う。

魔力を削り、身を挺《てい》して、サリュマーナを守ってくれる愛しい人を癒すことができる――騎士団専属娼婦であることを誇りにすら思った。

「あんっ……きもちい……」

耳朶《みみたぶ》を喰《は》まれ、とんとんと奥を刺激されて蕩《とろ》けるような嬌声《きょうせい》が出てしまった。

好き。大好き。触れ合いたい。癒したい——。

ロンヴァイへの深い愛で胸が張り裂けそうだった。

「もっと、もっと……ふかく、愛しあいたぃ」

「言われなくても、壊れるほど愛してやるよ」

「あぁ……！」

強烈な快感が突き抜けていく。

互いが互いを必要として求め合って。

何度も愛されて、愛して。

熱をぶつけ合って、溶けて一つになって。

どうしようもなく生を実感するこの時間が、たまらなく幸せだった。

## 幕間　悪魔の優しくない慰め

男女が誓約を交わし結婚をすると、恋人または婚約者との関係性が変わると聞いたことがあった。なかなか子宝に恵まれなかった伯爵夫妻は、跡継ぎのため仕方なく娼婦《しょうふ》に子を産ませた……その娘がユンフィーアだ。

家族と過ごしたこともなければ愛情を受けたこともないユンフィーアにとって、男女が想い合い、結婚して家族になるということを、あまり具体的に想像できなかった。

――けれど、この人との関係は絶対に常識の範疇《はんちゅう》を飛び越えている。

「うぅ〜〜……」

「うん、この辺は安全かな。ユン大丈夫？」

「大丈夫じゃ、はぁ、はぁ……」

魔獣の棲《す》まう森に入るやいなや、荷物のように肩に乗せられて猛烈な速さで森を駆け抜けられて、正直生きた心地がしなかった。魔獣に襲われてではなく、この悪魔に殺されてしまうのではないかと思うほどに。

ようやく担《かつ》がれていたのを下ろされて、情けなく地面に座り込む。

周りは高い木に囲まれた雑木林で、朝の心地よい風が通り抜けた。

「バード様……今回は特に酷《ひど》いですわ。任務で突然一ヶ月以上帰ってこないのは仕方ありません。けれどいざ迎えにいったら機密情報を聞かされて、そのまま魔獣の森へ同行するなんて。せめてあらかじめ知らせてくれたら私だって準備とか色々できたのに……っ」

「ユンはただ僕の隣にいてくれるだけでいいから。それだけで癒されるんだよ」

ユンフィーアの隣に腰を下ろしたホーバードは、白銀髪に愛《いと》おしそうに口づけをした。

「サリーちゃんは知っていたのでしょう？　どうして私には何も教えてくださらないのです？」

「サリーちゃんは魔力耐性が少なくて、一緒にギュアロス国で訓練を受けていたんだ。ユンはもともと耐性があって、その必要はなかったからね。それに……」

ホーバードはユンフィーアの頬に手を当て、黄金色の瞳をうっとりと見つめた。

「ユンのその表情を見たかったんだ」

躊躇《ためら》いもなくそう愉《たの》しそうに言うホーバードに、むぅっと怒りが湧き起こる。

「そうやって、いつもいつも私に酷いことばっかりして……っ」

ここで泣いてはホーバードの思う壺だ。この男は妻の涙を見て喜ぶような変態なのである。

その通りになってたまるかと、歯を食いしばった。

「じゃあユン以外の女性を連れてもいいの？」

「…………いいわけないです！」

「だよね」と嬉《うれ》しそうに破顔するものだから、感情がごちゃ混ぜになってよくわからなくなってしまう。

——ひどい。本当に酷いひとだわ。

あえて情報を知らせず、あたふたするユンフィーアを見て愉しそうに笑って。別の団娼婦を連れることもできたのに、ユンフィーアしか眼中にないのも、たまらなく嬉しくて。

何もかもホーバードの掌《てのひら》の上で転がされる自分が、心底嫌になる。

「大丈夫、ユンには擦《かす》り傷一つすらもつけさせないよ。大事な大事な僕のユンフィーア」

「んっ」

怒りを鎮《しず》めるように、蕩《とろ》けるような口づけをされて、胸の中があたたかいもので満たされていく。

こんなので絆《ほだ》されちゃ駄目……。

そう思いつつも、ホーバードから与えられる熱が心地よくて、そのまま流されそうになる。

「絶対に、守ってくださいね？」

「もちろんだよ。僕の全てをかけて、ユンを守る。だから、僕のこともたくさん癒して？」

「癒すって……あっ、待って、何して……！」

防護服の隙間から手を入れ、素肌を撫《な》でられる。

「ギュアロス国にいる間、ずっとユンに会いたかったよ。だからちょっとだけ補充させて？」

「やだっ、こんなところで、やだってば……ばかばか……」

「外でするの、興奮するね？」

「――ッ、変態！」

どんと思いきり厚い胸板を突き飛ばす。

「朝から、こんなことしちゃ駄目！　きちんとお仕事してください！　サボる人は嫌いです！」

「ちぇ、残念」

涙目になり必死に抵抗して怒るユンフィーアは、まるで機嫌を損ねた猫のようだ。

宥《なだ》めるようにユンフィーアの手を取ると、恭《うやうや》しく唇を落とす。

「じゃあ極秘任務、頑張ったらとっておきのご褒美くれるよね？　僕の癒し人？」

「……っ」

過去に黒騎士団の遠征に同行し、団娼婦として散々ホーバードに抱き潰されたことを思い出して、カァっと頭に血がのぼる。

「ね？　僕の愛しいユンフィーア」

「わ、わたし以外の人に、触れたら、怒りますから……っ」

「そんなの当たり前だよ。ユン、大好き」

愛おしそうに微笑《ほほえ》まれると、あんなに怒っていたはずなのに、あんなに任務同行が嫌だったはずなのに……全てを受け入れたくなってしまう。

いつもいつも囲われて、逃げられなくて、好き勝手されて。

それなのに結局この酷い悪魔のことが、たまらなく好きなのだ。

偏愛だけれどたくさんの愛情を向けられて、それがどうしようもなく嬉しくて幸せで。

森の中にいるからか、貴族としての立場とか、気にしていたことがちっぽけに感じられてきてしまう。

——どうやら私は身も心も悪魔に毒されてしまったみたいだわ……。

「ねぇ、キスだけならいいでしょう？」

「ばか……っ」

「ふふっ。可愛《かわい》いユン」

唇を合わせると、自然と口が開いてもっと奥にきてほしいと強請《ねだ》ってしまう。

掻《か》き回すように舌を絡めて唾液を飲み込むと、その甘さに頭がくらくらとしてきた。

「ユンがすごく甘い。これが魔法痕かぁ」

「ん？　んふぅ……！」

「僕のユン、愛してるよ」

蕩けるような濃厚な口づけを交わし、唇を離すと銀色の糸が繋《つな》がり、プツリと切れた。

久々にホーバードに触れられて、心の奥が歓喜で沸き立っている。

「ユンは賢いからわかってるよね？　この任務中、僕がいないとユンは生きていけないってこと」

なんの準備もないまま連れてこられたユンフィーアは、魔獣の森で生き抜く術《すべ》を一切持ち合わせていない。つまり、ホーバードの庇護《ひご》がなければ生きられないのだ。

「僕から離れたらだめだよ。いいね？」

「うん……ずっとそばにいるわ」

少し眦《まなじり》の下がった、甘い双眸《そうぼう》を見つめていると、吸い込まれてしまいそうになる。

「僕の魔力をまとったユンを、僕で汚す姿を想像すると……無尽蔵にできそう……」

「なっ！　何言ってるのっ、へんたいばか！」

何故《なぜ》自分はこんな鬼畜で頭のネジが外れた、変態を愛してしまったのだろうかと、己の恋心を呪わずにはいられなかった。

＊＊＊

ユンフィーアは、騎士団専属娼婦として何度も魔獣の棲む森に入ったことがあった。しかし獣声を聞いたことはあっても、魔獣を目の前で見たのは今回が初めてだった。

大きさとしてはそれほど大きくない魔蝙蝠《まこうもり》だけれど、大群で襲ってくる様子はまるで地獄に落とされた気分だった。

魔法騎士たちの活躍のおかげで、なんとか危機を乗り越えることができた。けれどおどろおどろしい魔獣への恐怖心はすぐにはなくならない。もしまた襲われたらと思うと、全身が恐怖で震えそうになる。

「バード様?」

強く握られた手から、燃えるような体温を感じる。

安全な場所へ移動したときには、既に日が暮れていた。

皆から少し離れたところにある大きな木の下で足を止めたホーバードは、周囲に結界を張りユンフィーアに向かい合った。

「ほら。ユン、おいで」

両手を広げ、垂れ目な瞳が甘やかにユンフィーアに微笑みかける。

「ここにいるのは僕だけ。だからもう、我慢しなくていいよ」

ホーバードがとことん甘やかすような、優しい声音で言うものだから、ユンフィーアのなかで張り詰めていた何かが弾《はじ》けた。

——恐怖、安堵《あんど》、歓喜。

いろんな感情が溢《あふ》れて胸がいっぱいになる。

「…………っ！」

思いきりホーバードの胸に飛び込んだ。力強いあたたかさに包まれて、ひどく安心する。

涙が溢れて止まらない。こんな風に誰かに泣きつくなんて初めてだった。

泣き方すらもわからなくて、息を止めて硬い胸板に顔を埋める。

「……っ、……ひっく……っ」

ホーバードはそんなユンフィーアの頭を何度も優しく撫でて、慰めてくれた。

怖かった。恐ろしくてたまらなかった。

血が噴き出て息絶える魔獣の屍《しかばね》が瞼《まぶた》の裏に焼きついて、轟々《ごうごう》とした断末魔の声が耳に残ったままだ。

「ユンに擦り傷一つつけさせないって言ったでしょ？」

「ん……っ……」

ロンヴァイが魔蝙蝠の群れの中に入っていったとき。

結界が突然消失して魔蝙蝠に襲われたとき。

サリュマーナが身を挺《てい》して猛毒から守ってくれたとき。

何度神に助けを乞うたか。自分は情けなく何もできずに、安全な結界の中で怯《おび》えていただけだ。

しかしそれ以上にユンフィーアの心を苦しめたのは、ホーバードの後ろ姿だった。

巨大な岩の上に立ち、大群の魔獣の殺意を一身に受ける、凛《りん》とした立ち姿が目に焼きついて離れない。

——バードさえ、生きていてくれればいい。

こんなに自分があさましく、薄情者だったなんて知らなかった。

「い、いなく、なったら……どうしよ……って」

トルネアソ伯爵家の跡継ぎの保険として、灰色な毎日を送っていた幼少期から、自分が死ぬことに対してなんの恐怖もなかった。生きていても楽しいことなんてなくて、未来に希望なんか何一つ見出せなかった。

むしろ死がこんな日々から解放してくれると思っていたくらいだ。

けれど、騎士団専属娼婦となりホーバードに初指名されてから、幾度となく触れ合って繋がって。味気なかった日常に土足で入ってきて、踏み荒らして乱してくる。ユンフィーアの世界はそんな容赦ない悪魔で埋め尽くされてしまった。

決して逃がしてもらえなくて、許してもらえなくて、散々泣かされて……それでも。

「私バードがいないと……生きていけないの」

男性なのに、女神のように美しいかんばせ。

いつも意地悪ばかり言う、形の良い唇。

目尻が下がった、ユンフィーアだけを見つめる瞳。

ホーバードを形成する全てが、憎らしいほど愛おしい。

「バード、バード……っ！」

ホーバードの首に腕を回して縋《すが》りつく。ホーバードの熱が、生を実感させてくれる。

「ユン……」

ユンフィーアに応《こた》えるように、強く抱きしめられる。無性に安心感を覚えて、再び涙が頬を落ちていった。

「愛してるよりも嬉しい愛の言葉だよ。僕がいないと生きていけないなんて……あぁ、どんな風にユンを可愛がって、虐《いじ》めて、泣かせるかを考えてたのに。何もかも吹き飛んじゃったな」

その言葉に、ひゅんと涙が引っ込んでしまった。

「ユン、聞こえる？」

ホーバードの左胸に耳を押し当てられる。

ドクンドクンという規則的な脈動が聞こえた。その間隔がいつもより速い気がする。

「今ね、すごくユンに欲情してる」

ホーバードの指が白銀色の髪を掻《か》き分け、柔らかい頬を撫で、唇に触れる。

胸の鼓動を聞きながら求められて、ユンフィーアの心臓もうるさくなっていく。

「ねぇ、ユンフィーア」

顎を掴《つか》まれて、強制的に視線を合わされる。

満月に照らされる、最愛の人。

この人がいない未来が想像できなくて。

この人がいない日々なんか意味がなくて。

少しずつ近づいてくる唇に、そっと目を閉じて背伸びをした。

触れるだけなのに、とても甘ったるい。

二度三度と触れると、その甘さが切なくてもどかしくなる。

「ん……っ」

どうしても欲しくなって、自ら舌を滑り込ませた。

「んぅ……んんっ、ん……」

もっと、もっと、もっと。

舌裏を舐《な》め、歯列をなぞり、頬の内側を這《は》う。二人の唾液が絡まって溶けて、少しも溢《こぼ》したくなくて必死に飲み込む。

それでも足りなくて、ホーバードの胸に縋った。

「んんっ！」

思いきり腰を掴まれて、下半身を押しつけられた。ユンフィーアの下腹部には、ホーバードの怒張した雄が当たっている。それは既に硬く膨らんで、熱を持っていた。

ホーバードは器用に羽織っていた上着を脱がせ、ワンピースを緩めていく。

素肌を撫でられて、ハッと我に返った。

サリーちゃんたちが近くにいるのに、こんなこと……！

屋根も壁もない森の中。ホーバードの結界はあっても、丸見えなのだ。

「バード、待って……！」

「やだ。待たない」

ユンフィーアの衣服がまとめて脱がされ、無造作に足元に落ちた。肌が夜風に当たり、ひやりとする。

「可愛く泣きながら煽《あお》ってきて……こんなの、僕が我慢できるはずないってわかってるでしょ？」

このまま、めちゃくちゃにされる――頭の中で警告音が鳴り響く。

「耐えられそうにない……このまま抱くよ」

「まっ……んんん！」

抵抗する口を塞がれ、左脚を持ち上げられる。熱棒が蜜穴にあてがわれた。

逃げられない。恥ずかしい。もし見られたら……？

でも振り解《ほど》けない。熱を感じたい。奥まで貫かれてしまいたい――。

「僕を噛《か》んでいいから。頑張って声抑えてね。みんなにいやらしい声聞かれたくないでしょ？」

「んむっ」

筋肉で盛り上がった肩口に唇を押しつけられて、そのままホーバードの熱が強引に入ってくる。

――溺れる。

好きで、好きすぎて、もうホーバードがいないと駄目で。

いつから自分は他人に依存しないと生きていけないような、弱い女になってしまったのだろう。

公爵家の屋敷にいても、夜会に出席しても、茶会で談笑していても。気がつけばいつもホーバードのことばかり考えてしまう。

仕事で会えない間はひたすら無事を祈って、やっと会えたと思ったらこっぴどく弄ばれて愛されて。

頭の中は常に意地悪な悪魔に支配されてしまった。

ユンフィーアの世界は、ホーバードがいないと成り立たないのだ。

バードが生きていて、私を求めて愛してくれるのなら……何をされてもいい。貴方《あなた》は私の全てだから。

「だめ、はいっちゃぅ……だめ……っ」

容赦なく身体《からだ》を拓《ひら》かれていく。その熱に溶かされて、わけがわからなくなって。

ユンフィーアは必死に歯を立てて噛みつき、荒ぶる熱を受け止めた。

## 九　長年の惨劇に終止符を

眩《まばゆ》い直射日光に当たり、目を覚ます。

柔らかな芝生の上には騎士服が敷いてあり、その上でロンヴァイに腕枕されて眠っていた。

肌は清潔で、しっかりと服を着ている。

おそらく身体《からだ》を清拭《せいしき》したうえで、防護服を着せてくれたのだろう。

「ロン様、起きてください。朝です」

「ん……」

気持ち良く眠っているなか起こすのは忍びないのだが、腕に囲われていて抜け出せないので仕方なく声をかける。

「おはよ」

「お、はようございます……」

ふわりと柔和に微笑《ほほえ》むロンヴァイが妙に色っぽくて、思わず赤面してしまった。

「身体はしんどくないか?」

「はい。ありがとうございます」

高まった生存本能を受け止めた交わりは激しかったけれど、身体に不調はなくピンピンしている。

気絶するように眠ってしまったサリュマーナに、おそらく回復魔法を施してくれたのだと察した。

川の水を汲《く》み、喉を潤すと身体に沁《し》み渡っていくのを感じる。

「おはよう。ロン、サリーちゃん」

ホーバードとユンフィーアがやってきて、すぐにネイトフォードも合流する。

支度を整えつつ、採集して保管してあった野苺《のいちご》をつまむ。

ある程度空腹を満たしたところで、輪になって膝を突き合わせた。

「じゃあ今後の作戦会議をしようか。……っていっても、何の当てもないしなぁ」

宰相に示唆された場所には、創世の泉はなかった。

ここはビトラ国最東端にある魔獣の森。広大な面積で、奥深いところまでは地形すら認識できていない。

「騎士団が把握してる範囲内は、僕が既に捜索済みだから。おそらくは森の深いところにあるはず、なんだけど……」

「このまま手当たり次第に捜索するか、一度森を出て作戦を立て直すかだな」

「でも街に戻って作戦を考えたところで、良い案は出るのでしょうか……？」

「確かにユンの言う通りだね……」

うーんと頭を抱える。

「ネイト様はどう思われますか？」

「正直、全く見当もつかないな」

「そういえばギュアロス国にある創世の泉はどのようなところにあるのですか？」

泉を見つける手がかりになればと思い、サリュマーナが問いかける。

「ギュアロス国に創世の泉はない。聖杯から魔水が湧き出てきて、それを摂取することで僕たちは魔力を得ているんだ」

「聖杯……」

てっきりビトラ国と同様に自然の中にある湧き水に創世の魔力が含まれていると思い込んでいたサリュマーナは、その事実に呆気《あっけ》にとられた。魔水が湧き出てくる杯が存在するとは信じがたいが、ネイトフォードが言うのならば事実なのだろう。

「ダロルヴァ宰相閣下は、洞窟は水の流れによって大地が削られてできる自然の産物と仰《おっしゃ》っていました。では、水の流れに着目すれば良いのではないでしょうか？」

ユンフィーアが自然の理《ことわり》に倣《なら》った憶測を提案する。

「確かにこの森は川が非常に多い。どれも小さいものばかりだが。その上流はさらに東にあって、全容は確認できていない」

「じゃあ、とりあえず川の流れに逆らって辿《たど》ってみる？」

三人の会話を頷《うなず》きながら聞いていたサリュマーナも、自信なさげながら意見を伝える。

「私、昨日の結び石の洞窟がとても気がかりで……あの場所に流れ着くこの小さな川を遡《さかのぼ》った先に、何かがあるのではないかと思ってしまうのです。何も根拠はないのですが……」

サリュマーナは昨日見た、美しい洞窟が忘れられなかった。

結び石は魔力を宿した不思議な石だ。魔石とも異なり、魔力を消費することがなく永久的に不思議な効力を発揮する。そんな結び石が洞窟を形成するほど大量に存在するなんて、常識的に考えておかしい気がしてならないのだ。

もしそれが創世の泉から湧き出る魔力に関係するならば、この水の流れの先に何かがある可能性は十分に考えられる。

「確かに。僕もそう思うな」

「そうね」

ネイトフォードとユンフィーアも同じことを考えていたようだ。

全員の意見が揃《そろ》ったところで、ホーバードが作戦内容をまとめる。

「とりあえず、この川の上流へ向かってみよう。森の様子を見つつ、危険と判断した場合は一度帰還する。もし他に怪しい場所があった場合は、臨機応変に対応する……でいいかな」

全員が納得し頷くと、再び立ち上がった。

少ない荷物を整理し、ホーバードとロンヴァイは武器を磨いて不備がないかを確認する。

「あー、なんだか肩が痛いなぁ」

「珍しいな。不調か？」

「うーん、不調というほどでもないんだけどね」

身体の筋を伸ばすように肩を回すホーバードは、なんだか上機嫌だった。

「僕が治癒魔法をかけようか？」

怪我《けが》であれば出発前に治したほうがいいと、ネイトフォードが声をかけていたが、ホーバードは何《な》故《ぜ》か嬉《うれ》しそうに首を横に振った。

「いや、むしろずっと痕になっていてほしいくらいで……」

「バード様っ！　お髪《ぐし》が乱れておりますわ！　直して差し上げますので、こちらへ来てくださいませ！」

ユンフィーアに腕を引かれて、ホーバードが引きずられていく。

「なんだったんだ？」

「さぁ……？　仲良しでなによりですね」

サリュマーナはロンヴァイとネイトフォードと顔を見合わせ、ほわほわと微笑み合った。


人間が飛び越えられるくらいだった小川は、上流へ向かうにつれ川幅を増していく。

標高の高低差がないからか、川の流れは穏やかなままだ。

川の上流を辿るとどんどん東へ向かっている。魔獣の出現に気をつけながら、ひたすら先へ進んだ。

「とても長い川だね。いったいどこまで続いているのやら」

一日中ひたすら歩いても、先はまだ続いているようだった。

「ずっと気になっていたんだけど、昨日はどうしてネイト様の結界が消えてしまったのかなぁ。ネイト様の調子が悪かった、とか……」

「それに関しては僕もわからないんだ。突然魔力が消えて、展開していたはずの結界が消えた。こんなこと今までに経験したことがない」

ホーバードとネイトフォードが神妙な顔つきで話し合っている。一つ思い当たることがあるサリュマーナはおずおずと声をあげた。

「ネイト様の結界を消してしまったのは、おそらく……この子です」

「……は？」

サリュマーナは、小さな鞄《かばん》から顔を覗《のぞ》かせて眠っているシュリの頭を撫《な》でる。

「あの、悪気はなかったんです！　ネイト様の魔法陣がキラキラしていて綺麗《きれい》だったから、その美しさに感動したらしく、シュリが思わずキスしてしまって。そしたら急に結界が割れて粉々に……」

全員がピタリと足を止める。

「魔法を消失させるなんて、ギュアロス国でも聞いたことがないよ……」

「こいつ、いったい何者なんだ」

全員の視線がシュリに集中する。動物でもなく、魔獣でもない、不思議で不可解な生き物。でもサリュマーナにとって、尊い命には変わりない。

「今まで以上に、私が注意してお世話します！　また戦闘になったらご迷惑にならないようにきちんと見張っているので……！」

「大丈夫だよ、サリーちゃん。始末なんてしないよ。ただ……少し注視しておかなくてはね」

「ありがとうございます……！」

シュリが害をなすものとして処分されるかと思ったが、皆にその意思はないようでほっと安心する。

「調べる価値は十分にありそうだね。ギュアロス国に古くから伝わる書物にも記されていない不思議な生き物か……我が国の研究者たちやベルが喜びそうだな」

サリュマーナはふわふわの毛並みを撫でる。たとえ正体がどんな生き物であったとしても、この大切な命を守らなければという使命感が湧き起こった。

再び一行は歩み始める。

緑が悠然と生い茂る森の中に流れる川を上っていく。ずっと代わり映えのない景色だ。

「そろそろ日が暮れ始めるね。安全そうなところを見繕わなきゃな……」

「ん？　何か音が聞こえませんか？　水の音が……」

「滝かな？　もう少し先みたいだね」

先頭を歩いていたホーバードとロンヴァイが行く先を確認する。

すると木々が生い茂る悠然とした森の中に、突然大きな滝が現れた。円形状に水が溜《た》まり、そこから辿ってきた川へ水が流れ出ている。

「大きな滝ですね。この崖の上にまだ先はあるみたいですが」

「魔獣の痕跡も見当たらないし、とりあえず今夜はここで過ごすか」

既に陽《ひ》が落ちてきて、長い影を作っている。

滝の横にある平地に、道中に採っておいた食料と武器を置いた。

まだ日があるうちにと、各々が夜に向けて準備を始める。

「わぁ、大きい魚が泳いでいます！」

透明度の高い水は、奥底にある石や砂まで鮮明に覗き見ることができた。

「今日の夕食にいいわね」

「確かにそうですね……きゃ?!」

ぬかるんだ地面に足を滑らせ、サリュマーナは川へ飛び込むように身を投げ出した。

バシャンという音と共に大きく水面が波立つ。

「サリーちゃん、大丈夫?!」

「だ、大丈夫です……」

一日中川辺を歩いたときは滑って転ばないのに、気を抜いた瞬間こうだ。自分の詰めの甘さをひしひしと痛感する。

川はそこまで深くなく、サリュマーナの臍《へそ》くらいまでの水位だった。

「あっ！　そういえば、シュリは大丈夫?!」

「ミュ」

鞄の中で眠っていたシュリを思い出して、慌てて腰に手をやる。シュリは起き上がると、ふらっと宙に浮いた。

まるで仔猫《こねこ》のように身を震わせると、すぐに毛がふわふわに戻った。

「ごめんねシュリ、驚かせちゃったね」

「ミュー」

シュリは丸くて鮮やかな紫色の瞳をキョロキョロと動かしている。サリュマーナはどうしたのかと、首を傾《かし》げた。

「シュリ?」

「ミュ、ミューッ」

シュリは思いついたように破顔して、短い手足をパタパタと動かした。すると川の水が飛沫《しぶき》となって、サリュマーナに降りかかってくる。

「あははっ! シュリどうしたの?」

「ミュウゥ!」

まるで弟妹たちと水遊びをしている気分だ。

丸い雫《しずく》となった水が、夕日に照らされて橙《だいだい》色に乱反射している。

「まぁ。水飛沫が夕日の光に当たって、輝いているのが綺麗なのね」

「あぁ、なるほど!」

傍観していたユンフィーアが解説してくれて納得した。

この珍しい動物のシュリは、キラキラと光るものが大好きなのだ。

「本当、綺麗ね」

シュリは川の水で大きな水の玉を作ると、何かを探すように辺りを見渡した。目的のものを見つけたのか、意気揚々と飛んでいってしまう。

「は? なんだ?」

「ミュミュ」

シュリは悪戯《いたずら》に笑って、水の玉をロンヴァイの頭上で弾《はじ》けさせた。

バシャーン。

夜に向けて両脇に薪《たきぎ》を抱えていたロンヴァイが、ずぶ濡《ぬ》れになる。

「ミュ！　ミュ！」

「いきなり何するんだよ、白綿《しろわた》……！」

「ミュー！」

宙でくるくると回り、はしゃぐシュリの体をロンヴァイは片手で鷲掴《わしづか》みにする。いまにも握り潰さんとする迫力に、サリュマーナは慌てて叫んだ。

「ロン様、虐《いじ》めないでー！」

「虐められてるのは俺なんだが？」

「違うんです。ロン様の瞳と夕日が同じ色だから。水に反射してキラキラ光るのが気に入ったみたいなんです」

「なんだそれ。……ってなんでサリは川の中にいるんだ？」

「滑って落ちちゃいまして……」

ロンヴァイはしぶしぶシュリを解放し、水に浸《つ》かったサリュマーナを救出するため、手を差し出した。

「大丈夫か？　すぐ魔法で乾かしてやるから」

「ごめんなさい、ありがとうございます……」

ロンヴァイの手を掴み、川岸に上がろうとしたところで、シュリがロンヴァイの背中に思いきり突進した。

「うわっ！」

「きゃ！」

二人して思いきり川の水に頭から浸かる。

落ちた衝撃で水飛沫が上がり、シュリは輝く光の粒を見て喜びの声をあげていた。

「ミュッ、ミュッ、ミューウ！」

「あいつ……！」

「あははははっ！」

全身びしょ濡れだ。なんだか懐かしい気持ちになって、胸が温かくなる。

「森へ入ってからは魔法でしか体を清めていなかったので、水に浸かるの気持ちいいです！」

「もうサリは……」

ロンヴァイは濡れた髪を掻《か》き上げ、呆《あき》れたように笑う。

「濡れたついでに魚でも獲《と》っとくか」

「さっき大きいのがいましたよ」

「どこに？」

「あっ、そこ！」

目視で魚の位置を確認し、ロンヴァイが水の中に沈む。すぐに上がると、手には大きな川魚がピチピチと跳ねていた。

「わぁ、すごいです！　さすが！」

「人数分獲っておくか……ぅおっ！」

「ミューッ！」

魚を捕まえたロンヴァイに、シュリはまたしても水の玉を投げつけた。

ロンヴァイの顔面に命中し、四方に水粒が弾けていく。

「お前、いい加減にしろ！」

「ミュッ、ミュッ！」

鋭い眼光を向けられても、シュリは全く動じていない。くるりと一回転して手をバタつかせている。

何度もロンヴァイの周りに水飛沫を作っては、橙色の光が反射する様を楽しんでいた。

「あははっ！」

「俺はこんなヤツと遊んでる暇はないんだが……」

「ミュウゥー」

「ロンヴァイとサリュマーナは何をしているんだ」

「ロン、魚獲れたー？　早くー。お腹《なか》すいたー」

「サリーちゃん、あんまり長い間水に浸かっていると体が冷えてしまうわ」

結局夕日が沈むまで、シュリのお遊びは続いた。

幼い弟妹たちの相手をしていたサリュマーナは慣れっこだが、ロンヴァイはそうではない。最後まで付き合わされたロンヴァイは、しばらくの間ぐったりと放心状態になっていた。

当のシュリは暗くなると、飽きたように鞄へ潜り込んでスヤスヤと眠り始めてしまうものだから、サリュマーナたちは呆れて笑うしかなかった。

「本当、なんだこいつは」

「ずっと寝てるし、起きたかと思えば自由気ままに遊んでるし……変わった獣だねぇ」

「王都へ帰ったらシュリにキラキラの首輪でも買ってあげましょうか」

「それ良いわね。私も一緒に選ぶわ！」

五人は焚《た》き火を囲みながら、疲れた体をあたためた。


何事もなく無事に朝を迎え、ロンヴァイは川に入り朝食用の魚を獲っていた。サリュマーナは焚き火の準備を進める。

「これでいいか。サリ、そろそろ上がる」

「わかりましたー！」

五人分の魚を捕獲したロンヴァイは、冷たい水から上がろうと岸へ向かう。

びゅうっと朝の爽やかな風が吹いて、ロンヴァイの煉瓦《れんが》色の髪が揺れた。

「ん……？」

その風は滝の中に吸い込まれるように吹いて、絶えず落ちている水流が一瞬分かたれた。

「ロン様、どうかしましたか？」

「滝の奥に空気の通り道がある……？」

ロンヴァイは枝に刺した魚をサリュマーナへ手渡すと、再び流れ落ちてくる滝の近くへ向かった。滝に打たれて全身びしょ濡れになりながら、裏側を覗き込む。

「滝の向こうになにかあるのですか？」

サリュマーナが問いかけると、ロンヴァイは神妙な面持《おもも》ちで頷いた。

「まさか滝の裏に洞窟があるなんてね。ロン、よく見つけたね」

朝食を摂《と》り準備を整えると、早速全員で滝の裏側から洞窟に入った。

入る際に滝に打たれて全身水浸しになってしまったが、風魔法で乾かしてもらっている。

奥に進むにつれ、太陽の光は届かなくなっていく。ネイトフォードが光魔法を使い、明かりを灯《とも》した。

洞窟の中は五人が横並びになっても余裕があるくらい、大きなものだった。先頭はホーバード、続いて女性二人とネイトフォードが並び最後にロンヴァイが続く。シュリはいつものように鞄の中で眠ったままだ。

「空気が通り抜けるということは、どこかに必ず出口があるということだ」

そう話すロンヴァイの声色が、心なしかいつもよりも緊張しているように感じた。

しばらく進むと、次第に滝の音は聞こえなくなる。どこからか水が漏れ落ちる音が不気味に響いていた。

「なんだか……頭が冷える感じがするのは僕だけ？」

「バード様はもっと冷やしても良いと思いますわ」

「ちょっとユンヒさん……」

「いや、脳が冷える……その感覚は何となくわかる気がする」

魔法騎士二人の会話から、ただの雑談ではない雰囲気を察した。

「確か、ギュアロス国で見た魔法書には魔力は脳に宿ると記されていました。つまり魔力が冷えてくるということでしょうか？」

「なんて表現したら良いのかわからないんだけど……。なんだか嫌な感じがするよ」

この先に創世の泉があるという予兆なのか、果たして別のものがあるのか。今までのホーバードの経験を聞く限り、泉は人間が容易には近づけない場所にあるはずだ。

一方でネイトフォードは先程から何かを考え込むように黙り込んでいる。

五感を研ぎ澄ませて、意識を集中させながらぬかるんだ道を進む。

どれくらい歩いただろうか。まだ出口は見えない。

湿度の高い独特な土の臭いが、少しずつ変化していく。

——この香りは、なに……？

突然香草を燻《いぶ》したような、不思議な臭いが漂ってきた。

もしかして魔獣がいるのかもしれない。そう不安に駆られて声をかける。

「あの、なんか変な臭いがしませんか？」

すると前を歩いていたホーバードが、くるりと振り返った。

「ホーバード様もそう思いません……」

そう言いかけたとき、ホーバードの拳が目の前にあった。

「サリ！」

サリュマーナを殴りつけようとした拳を、間一髪でロンヴァイが受け止める。

「バードどうした⁉」

ホーバードは無言のまま、再び手を振りかざしてきた。今度はロンヴァイへと標的を変え、何度も殴りかかってくる。

その攻撃は戯《たわむ》れなんかではなく、明らかに相手を害そうとするものだった。

サリュマーナは抜けた腰でなんとか壁際まで下がる。

「バード様、急にどうして……」

ユンフィーアもホーバードの突然の奇行に驚き慄《おのの》いている。今、何が起こっているのかわけがわからない。

ホーバードの目は光を失い、鬱々《うつうつ》としているように見えた。

「何があった！　正気に戻れ！」

蹴りを受け止め、交わす。ホーバードは魔法を使うことなく、体術でロンヴァイに襲いかかってくる。

何度声をかけても、ホーバードは一切反応しない。

「この臭い、この症状……もしかして、あの催眠花か？」

「催眠花？　……バヌスね！　どこかに白い花があるかも！」

ネイトフォードの呟《つぶや》きを聞いたユンフィーアが、叫んで立ち上がる。

ロンヴァイがホーバードの注意を引きつけている間に、周囲を見渡しながら走った。

「あったわ！」

ユンフィーアは布を鼻に当て、転がっていた石を手に取る。

地面から顔を出す小さい白い花を、何度も石で叩《たた》き粉々に潰した。そこに土をかけて完全に香りを塞ぐ。

「催眠花……もしかしてホーバード様は今催眠状態なのですか?!」

「バヌスは香りで生き物を惑わす特殊な花だ。持続して香りを嗅ぐことで凶暴になり、正気も感情すらも消失させる、恐ろしい花……僕も資料で読んだだけだけど……」

「こんな珍しい花が、どうしてこんなところにあるのよ!?」

草花について詳しいユンフィーアとネイトフォードは書物を読んでその存在は知っていたようだ。

「でももう大丈夫よ！　これで催眠が解けるはずだわ……！」

期待を込めてホーバードを見つめる。

しかし攻撃は一向に止まる気配がない。

「バード様！　正気に戻って！」

「ホーバード様！」

何度みんなが声をかけても、ホーバードの催眠が解けない。声が全く届いていないようだ。

「どうして解けないの？　もしかしてもう手遅れ……？」

バヌスは香りで人間を惑わす花である。洞窟の先頭を歩いていたホーバードが、最も長く香りを嗅いでいたはずだ。

すると突然ユンフィーアは蹴りをいれようとするホーバードに、思いきり抱きついた。

「バード、戻ってきて！」

ロンヴァイに向いていた攻撃意識が、ユンフィーアに向けられる。

鍛えられた拳が、容赦なくユンフィーアの薄い腹にめり込んだ。

「ぅぐ……！」

「だめ、危ない！　ユンヒさん逃げて！」

「いやっ！　バードいかないで……！」

呼び止めても、ユンフィーアはホーバードにしがみついたままだ。

再び横腹を思いきり殴られて、骨がきしむ痛々しい音が響いた。

このままではユンフィーアが殺されてしまうかもしれない。けれどユンフィーアの行動の意図を理解できるからこそ、強く引き止められない。

ホーバード様を見捨てられないのはわかるけれど、でもこのままじゃユンヒさんが……どうしたらいいの……！

サリュマーナたちはただ二人を呆然《ぼうぜん》と見つめることしかできなかった。

「バード。私のバード……お願い、戻ってきて」

ドッという鈍い音がする。拳を体に受け止めながら、二人は唇を重ねた。

ユンフィーアの切実な願いがサリュマーナにも伝わって、思わず涙が滲《にじ》む。

すると、ホーバードの若草色の瞳に光が戻ってきた。

「ゆ……ん、」

「ぅ……うぁ……」

「僕はいったい……」

攻撃をやめ、正気を取り戻したホーバードを見て全身の力が抜ける。

催眠花バヌスの効力が抜けたのだ。

ユンフィーアはうめき声をあげながら腹を抱え、地面に倒れ込んだ。

「ユンヒさん大丈夫ですか！　早く治癒を！」

「バードが何度も殴ったんだ。下手したら肋骨が折れてるかもしれない」

催眠が解けたホーバードは、ようやくユンフィーアの怪我が自分のせいだということに気がつく。

「ユン、ごめん……っ！」

薄い腹に手を当て魔力を流し込むと、あたたかな光に包まれた。

ユンフィーアの左手の魔法痕が薄く輝きをまとっていた。魔法痕の加護により、ホーバードの攻撃はいくらか軽減されているようだった。

やっとユンフィーアはまともに呼吸ができるようになったようで、安堵《あんど》の息をついた。

「私のバード。おかえりなさい」

今にも泣き出してしまいそうなホーバードを、ユンフィーアが女神のように抱きしめる。良かった。二人が離れ離れにならないで……本当に良かった。

二人が互いに深く想い合っていることをよく知っているサリュマーナも、自分のことのように喜んだ。

「ホーバードとユンフィーアはしばらく休んだほうがいい。悪いが……僕は先に行く」

「ちょっと、ネイト様!?」

「一人で行動するのは危険だ。もし何かあったら……!」

サリュマーナとロンヴァイの呼びかけに足を止めたネイトフォードは、振り返って哀《かな》しそうな顔を向けた。

「僕がずっと探していたものがこの奥にいる。幻の花バヌスの存在……間違いない。だから、僕が行かなければならないんだ」

「どういうことですか？　奥に、何かいるのですか」

ネイトフォードは問いかけに応じることなく、身体強化魔法を発動させて奥へと消えていってしまった。

「ネイト様……？」

突然の一人行動の意味がわからない。けれどネイトフォードが一人で何かを抱え込んでいるのだということだけはっきりと理解した。

「バードたちは滝の外まで戻ってしばらく休め。サリ、俺たちはネイト様を追おう」

「はい！」

サリュマーナは目尻を拭い、顔を上げた。

「気をつけて。危険だと判断したら、すぐに退避するんだ。僕も魔力がある程度回復したら、すぐに向かうから」

「あぁ」

ただ事ではない空気感をひしひしと感じて、怖気《おじけ》づきそうになる。しかしロンヴァイと手を繋《つな》ぐと、不思議と勇気が湧き起こった。

下を向きそうになる気持ちを振り払い、顔を上げて走り出す。

真っ直ぐな道をひたすら進んだ先に、わずかに漏れる光の筋が見えた。出口に近づくにつれ、水が流れる音も聞こえてくる。

——この水音は創世の泉……？

不安と期待が入り混じりながら、細い洞窟を抜ける。

その先には広い空間があった。天井にはぽっかりと穴が空いていて、そこから太陽光が降り注いでいる。

岩の間から水が溢《あふ》れ出て、大きな泉ができていた。太陽の光を浴びて乱反射する水面は、白く輝いている。

その泉の中央には、アクアマリンのような輝きを放つ神聖な生き物が宙に浮いていた。

大きな翼に長い尾。全身に水をまとっているのか、光に反射して体全体が煌《きら》めいている。吊《つ》り上がった水色の瞳は理知的で、二人を嫌悪するように睨《にら》みつけている。

まさか、本当に現実に存在するものだと思っていなかった。空想上の生き物だと思っていた。

「竜……!?」

あまりにも現実離れした竜の存在に、理解が追いつかず呆《ほう》けてしまう。

瞬時に危険を察知したロンヴァイは、岩陰にサリュマーナを引き込んだ。

『神聖なる我が住処《すみか》に人間が入り込むなど……不愉快極まりない』

低く、海の底を這《は》うような重たい声が脳内に響く。

「水竜。二人はビトラ国の者で、部外者だ。それに話は終わっていない」

『何度も言っただろう。話すことなど何もない。貴様を結晶化し、ギュアロスの地へ送ってやるだけだ』

岩陰から覗くと、泉の中央にある岩にネイトフォードの姿を確認した。しかし手足は氷のような結晶に覆われ、身動きが取れないようだ。

「聖杯は返す！　はるか昔ギュアロス族の長が犯した罪についても謝罪する！　だから、どうか怒りを鎮《しず》めてはくれないだろうか」

苛立《いらだ》った水竜は長い尾を水面に打ちつけた。大量の水飛沫が上がる。

『人間は私欲に溺れた汚い種族。排除されて当然だ。違うか』

「水竜の怒りは尤《もっと》もだ。しかし、この五百年でギュアロス族は閉鎖された狭い領土の中で細々と暮らし、ビトラ族は魔獣に襲われて人口が減ってしまった。罰は十分に受けたはずだ」

手足を固定され、今にも攻撃されそうになっているにもかかわらず、ネイトフォードの声色は落ち着いていて毅然《きぜん》としている。

水竜とネイトフォードの会話についていけず、また邪魔をしてはならない空気感にロンヴァイとサリュマーナは立ちすくむことしかできない。

『五百年前まで、人族と竜は共に暮らしていた。魔法の力を借りながらも自然の中で心豊かに生きていた。そんななか突然聖杯を奪い、逃げおおせたのはギュアロス族だ。我が聖杯を取り戻すため、森に住む動物たちに魔力を与え、人族を襲わせた。すべての元凶は聖杯を奪ったギュアロス族……いや、貴様の祖先であるギュアロスの長だ』

憎悪に満ち満ちた水竜の声に、全身に悪寒が走る。

「その通りだ。しかし五百年経《た》ったんだ。そろそろ互いに前へと進むべきではないか。いつまで魔獣を量産し、人類を脅《おびや》かし続ける？　いつまでこうして人間を憎むんだ？」

『数十年も生きていない貴様ごときが何を言う』

ネイトフォードの両足を覆っていた結晶が上半身にまで侵食していく。

このままではネイトフォードが殺されてしまう――――！

「サリはここに隠れていろ」

「ロン様……っ！」

ロンヴァイは槍《やり》を握りしめ魔力をまとわせると、水竜に向かって投げ飛ばした。

『目障《めざわ》りだ』

水竜の長い尾がロンヴァイを振り払うように舞い、岩壁にぶつかる。ドンという衝撃音と共に石が雨のように落ちてくる。

『巻き込まれただけの可哀想《かわいそう》なビトラ族には、手出しするまいと思っていたが……邪魔をするのであれば容赦はしない』

蔓《つる》のように水の塊がロンヴァイを襲撃する。縦横無尽に動くそれをなんとかかわしたものの、水竜の力は圧倒的だった。

ロンヴァイの下半身に水の蔓が巻きつき、一瞬で結晶化し氷のように固まっていく。

「ロン様!」

「ロンヴァイ!」

「くっ……! サリ、バードたちのところへ逃げろ!」

ピシピシと結晶がロンヴァイの体を蝕《むしば》んでいく。足だけではなく両手まで固められてしまった。

『人族ごときが、我に敵《かな》うとでも思ったか』

冷ややかな地を這うような声が脳内に響く。人間に深い怨恨《えんこん》を持ち、憎しみ嫌っていることはネイトフォードとのやり取りからも十分に伝わった。

しかし、ロンヴァイやネイトフォードが何をしたというのか。五百年前の人間が、水竜の聖杯を盗んだわけで、この人たちが実際に水竜を害したわけではないのに。あまりにも理不尽で一方的な暴力が許せない。

サリュマーナは岩陰から飛び出した。

「ネイト様やロン様が、あなたに何をしたっていうの!? 森に棲《す》む動物たちだってそうよ。あなたが魔獣にしてしまったせいで、人と獣は対立して奪い合い殺し合うようになってしまったの。罪のない命を奪っていい理由なんてこの世に存在しないわ！」

真っ直ぐに水竜と対峙《たいじ》する。体も声も震えていたけれど、言わずにはいられなかった。

『魔力すら持たぬ弱い女が我に意見するか。では、その罪のない命とやらが消え失せる瞬間を見届けるがいい』

水竜の瞳が妖《あや》しく光り、ロンヴァイの下半身を固定していた結晶がどんどん上半身まで凍らせていく。

「いやああっ、ロン様、ロン様！」

横たわっているロンヴァイに近づき、結晶の侵食を止めようと必死に抵抗する。拳で叩いても、石をぶつけてみても、強固な結晶にヒビ一つつけることができない。

「俺はいいから逃げるんだ。バードたちと森を出ろ」

「いや、いやよ！　ロン様が一緒じゃないといやっ！」

「さ、り……」

ついに体を覆いつくし、ロンヴァイの顔が凍って結晶化していく。

「あああああぁ…………っ」

絶望し、その場に崩れ倒れる。

魔力も持たず、体力も知識も中途半端で結局なんにも役に立たない。せめて身を盾にしてでもロンヴァイを救いたいのに、それすらもかなわない。

自分にもっと力があったら。

もっと知識をつけていれば。

大切なひとを守れたかもしれないのに……。

無力で情けなくて何もできない自分。最愛の人が奪われていくのを、ただ傍《かたわら》で見ていることしかできない。

悔しくて、苦しくて、目から涙がこぼれていく。

ふわふわな白い毛に雫が落ち、その刺激でシュリが目を覚ました。

「ミュ、ミュー？」

サリュマーナの青緑色の瞳を覗き込みながら、シュリが不思議そうに首を傾げる。

「ろんさま、いや……死なないで。いや……」

完全に全身が結晶化してしまったロンヴァイに縋《すが》りつく。

かけがえのないロン様を失ったら、私はどうしたらいいの……。どう生きたらいいの……。

冷たくて硬い塊に、涙がとめどなく落ちていく。サリュマーナの嗚咽《おえつ》が洞窟に反響した。

「ミュミュウーッ」

こんな状況下でも、シュリはいつものように楽しそうに笑っている。しかしサリュマーナはシュリに気を向ける余裕がなくて、延々と滂沱《ぼうだ》の涙を流し続けた。

シュリはくるくると回転しながらロンヴァイに近づき、まるでダンスをするかのように凍らされた結晶にキスをした。

ネイトフォードの防御結界を消失させたときと同じ、パリンと大きな音が響いて、ロンヴァイを覆っていた結晶が粉々になった。

「えっ……！」

『聖獣が何故ここに……』

キラキラと銀色に舞う結晶の残滓《ざんし》のなかを、シュリがキャッキャッとはしゃぎながら一回転する。

シュリが水竜の魔法を無効化し、ロンヴァイを助けてくれたのだ。

サリュマーナは急いでロンヴァイを抱きかかえる。筋肉質な逞《たくま》しい体は、未《いま》だに氷のように冷たい。

「ロン様、ロン様、お願い目を覚まして！」

しかしサリュマーナの呼びかけに応じることなく、ロンヴァイは目を閉じたままだ。

「どうして動かないの？　シュリが助けてくれたのに……ろんさま……！」

再び涙が溢れてきて、ロンヴァイの頭を抱きかかえる。

お願い、目を覚まして。私にできることは何でもする。私の全てを捧《ささ》げるから、ロン様を助けて
——。

神を、奇跡を信じて祈りを捧げる。大切なひとを守るためなら、たとえ自分の命を犠牲にしても後悔はない……それほどの思いだった。

「ミュウウッ」

泉の水で遊び始めたシュリの楽しそうな声が聞こえてくる。シュリは、こんな時にもかかわらず自

由気ままな存在だ。

泉の水で水玉を作ったシュリは、昨日の水遊びのようにロンヴァイに向かって投げつける。

「シュリ、今は遊んでいる場合じゃ……」

水の玉が割れ、金色に光る飛沫が宙に舞い、ロンヴァイの体に溶け込んでいった。

黄金の粒を身にまとったロンヴァイの神々《こうごう》しい姿にサリュマーナは目を見開く。金色の輝きを吸収した大きな体が、ビクンと大きく揺れた。

「ロン様！　目を覚ましてっ」

「…………ん」

ゆっくりと現れた橙色の双眸《そうぼう》を見て、サリュマーナは崩れ落ちた。

「うそ……よかったぁ……」

ロンヴァイの顔を見つめていたいのに、視界が潤んで霞《かす》んでしまう。

——ロン様が、生きている。

それだけで天にも昇るような気持ちになった。

愛する人が生きていて、傍にいてくれるだけでいい。それ以外はなにも要らない——そのことを痛感させられた。

『女、何故聖獣を連れている』

脳に響く冷酷な声に、竜の存在を思い出す。

ロンヴァイを庇《かば》うように抱きしめた。もう二度と手出しをさせまいと、身を乗り出す。

「聖獣って……もしかしてシュリのこと？　シュリは森で出会って一緒に行動していただけよ」

『聖獣が人間を助けるなど………ふむ』

　水竜は一回転し、サリュマーナの元へ来ると、不躾《ぶしつけ》にじろじろと観察してきた。攻撃をされるかもしれないと身を固くし、ロンヴァイの盾となるように強く抱きしめる。

『聖獣が、人間を赦《ゆる》すとは……信じがたいことではあるが……。ならば我も従うほかあるまいか。聖獣に選ばれし男よ、名は』

　どうやら水竜は攻撃するつもりはないらしい。瞳に宿っていた人間への憎悪が、明らかに軽減しているのがわかった。

　不信感を残しつつも、ロンヴァイは口を開いた。

「……ロンヴァイ」

『ロンヴァイよ。聖獣により生かされた命として、我の鱗《うろこ》を授けよう。一生をかけて、天命を全うせよ』

　水竜がロンヴァイに近づき、額と額を合わせる。銀色の光が弾け、ロンヴァイの首下に吸い込まれていく。

　それは魔法痕を施されたときの現象と、よく似通っていた。騎士服の隙間から、鱗のような紋様が見えた。

「これは……」

　首下の鎖骨横辺りに違和感があるのか、ロンヴァイは手を当て、驚いたように水竜を見つめた。

『我と繋がる契約痕だ。代々子孫に受け継がれていくだろう。それと、これをビトラ族の長に渡せ』

綺麗な水晶玉をロンヴァイに手渡す。丸い玉の中には虹色のきらめきが渦巻いている。

『はじまりの力を有する玉だ。罪のないビトラ族を、長きにわたり虐《しいた》げ続けた詫《わ》びだと伝えよ』

用は済んだとばかりに水竜は、踵《きびす》を返す。その背中にサリュマーナが声をかけた。

「あのっ！　シュリが聖獣って……聖獣により生かされた命とはどういうことなの？」

『それは生を司《つかさど》る癒しの獣だ。何事にも干渉されることのない、神に次ぐ尊い生き物よ。女、それを大切に扱え』

振り返ることなくそう告げた水竜は、泉の上空に舞い戻る。

そしてネイトフォードの身動きを封じていた結晶を解除した。

『ネイトフォード、だったか。よかろう。お前の要求を聞き入れる。聖杯の返却と共に、泉を経由した魔力の放出は今後一切やめる。ただし以前のように竜と人族が共に暮らすには、時が必要だ。その来たる時まで、我はロンヴァイと共に人族の行く先を見つめている』

「ありがとう、水竜」

ネイトフォードは片膝をつき、水竜に深々と頭を下げた。

「先祖の愚行を詫びるとともに、寛大なお心に感謝する」

『聖杯が我が元に戻るまで、謝罪を受け入れることはない』

「確かにその通りだな。早速ギュアロスの王城まで来てもらおうか。歓迎しよう」

立ち上がったネイトフォードの表情は、憑《つ》き物が落ちたようにすっきりとしていた。

未来を見据える金紅色の瞳は小さな炎を宿し、情熱的に輝いていた。

# 十　あなたがいれば、それでいい

「はあぁ――……」

ホーバードの特大の溜《た》め息が馬車内に響き渡る。

水竜の転移魔法により、魔獣の森の入り口へ瞬間移動させられた四人は、馬車に乗り街を目指していた。

事の顛末《てんまつ》を説明されたホーバードの表情は険しい。いつも余裕綽々《しゃくしゃく》とした微笑《ほほえ》みを欠かさないホーバードの珍しい姿だった。

「えーっと、ごめん、もう一度確認させて？　ギュアロス国と水竜は聖杯を巡って対立していて、今回無事に和解できたと。聖杯を返すために、ネイト様は水竜と共にギュアロス国の王城へ向かった。今後創世の泉は無くなり、それに伴って魔獣も消失していくだろう、と……」

「その通りだ」

もう一度重たい息を吐き出したホーバードは、信じられないと天を仰いだ。

「そもそも、竜なんて……神話の中に出てくる、存在しない生き物だと思っていたよ。まさかこの世にそんなものが実在していたなんて」

「俺もそう思っていた。ネイト様は知っていたご様子だったが」

サリュマーナはギュアロス国で訓練のために滞在していた日々を思い出す。城内にはいたるところに竜を描いた壁画や像があった。

ギュアロス国では竜の存在が信じられていたようだが、ビトラ国はそうではない。伝説の生き物だと思っている人がほとんどだろう。

実際に水竜と対面し、会話もしたロンヴァイとサリュマーナだが、目にしていないホーバードたちはすぐに竜の存在を受け入れることができないようだった。

「信じがたいことだけれど、これが現実なのね……。サリーちゃんは水竜を実際に見て、どうだったのかしら？」

「初めは人間をひどく嫌悪している様子だったので、とても怖くて恐ろしくて……でも話してみると、理知的で情の深い生き物だと思いました」

吊《つ》り上がった水色の瞳を思い出す。人間への深い憎しみを抱いていた水竜は、サリュマーナたちへ容赦ない攻撃を向けてきた。しかしきちんと対話し、最終的には人間を赦《ゆる》してくれた。水竜は神聖な生き物だが、情のあるあたたかい心の持ち主だとサリュマーナは感じた。

「水竜の力は人間など到底及ばず……強大な力だった。サリと白綿《しろわた》がいなければ、皆即死だった」

今まで多くの魔獣と対峙《たいじ》し、討伐してきたロンヴァイですら全く歯が立たなかった。武器を体に当てることすら敵《かな》わなかったのだ。水竜に対抗できる人間はおそらくこの世に存在しない。

「水竜がシュリを『生を司《つかさど》る癒しの獣』だと言っていました。実際に目の前で瀕死状態になってしまったロン様を救ってくれたのです」

「シュリが……！」

ユンフィーアとホーバードは同時に口に手を当て、驚愕《きょうがく》に目を見開く。

シュリは相変わらず鞄《かばん》の中ですやすやと眠っている。

キラキラ好きな人畜無害な生き物が、聖獣なのはにわかに信じがたい。

「もう……水竜だの聖獣だの、わけがわからないよ。宰相たちになんて説明すれば良いのやら……」

「そもそも水竜の存在を認めてもらえるのでしょうか……？」

「ネイト様の証言をもらえたら信用はしてもらえると思う。あと水竜の契約痕もあるし」

ロンヴァイは騎士服のボタンを数個はずした。鎖骨横に水色と銀色が混じる水晶のような鱗《うろこ》の痕が現れる。

「それが水竜の契約痕かぁ。本当に鱗みたいだね。水竜と繋《つな》がっているなんて不思議だね……」

「痕から水竜の魔力を感じる。おそらく俺の居場所や見聞きした情報は水竜に伝わっていると思う。俺も水竜の情報がなんとなくだが伝わってくる」

ロンヴァイは神妙な面持《おもも》ちで鎖骨に手を当てた。

「それから水竜から預かったこの丸い水晶は、国王陛下に渡すよう託されたんだ」

「へぇ。綺麗《きれい》な水晶だね」

「虹色の光が揺れていますね。神秘的です」

ロンヴァイが手にした水晶をホーバードたちが食い入るように見つめ、感嘆する。

「なんかもう、色々とありすぎて極秘任務が完遂したのか失敗なのかよくわからないけど……泉捜索よりも大きな収穫があったから、良しだよね」

「泉を見つけるどころか竜を見つけて……。結局、泉は今後全て涸《か》れてしまうことになりますしね」

ようやく情報と心の整理のついたホーバードとユンフィーアの表情が、明るいものへと変わっていった。

「全員が無事に帰ってこれて、本当に良かったです」

魔獣の森の入り口から安全な街へ入り、やっと肩の力が抜けた。

「今頃水竜と共にいるネイト様が殺されてなければいいけど」

ボソッと呟《つぶや》いたロンヴァイの一言に、馬車内の空気が凍った。

「ネイト様、素直で思ったことはすぐ口に出すタイプだからなぁ……失言していないといいけど」

「成人した立派な貴族男性ですもの、大丈夫ですよ……多分」

しん……と沈黙が降り、温度が一気に下がった気がした。

ギュアロス国で水竜に聖杯を返しているだろうネイトフォードの無事を祈るしかない。


馬車は順調に進み、黒騎士団が遠征の帰りによく利用するという宿へ到着した。

ここは温泉が湧き出ることで有名で、田舎《いなか》出身のサリュマーナでも耳にしたことのあるビトラ国きっての名湯だ。

地中奥深くから湧き出る熱々の湯には、治癒力に優れた成分が含まれており、王侯貴族の湯治旅行先としても利用されている。

馬車を降り、異国の宮殿のような立派な造りをした建物へ入る。今日はここで体を休め、明日王城へ登城する手筈《てはず》になっている。

「ユン！　早速身体《からだ》を癒しに……」

「女湯はこっちね！　さぁ、サリーちゃん行きましょう！」

「あ、ロン様、シュリをお願いしますねー！」

眠っているシュリをロンヴァイへ託す。もしシュリが起きて暴走してしまった場合を考慮して、話し合いの末、人の多い場所ではロンヴァイに預けることにしたのだ。

到着早々に、ユンフィーアに手を引かれて女性専用の浴場へと向かう。運動場や散策用の庭、談話室などがあり、温泉目的で宿泊する客向けに設備が充実している。

二人は衣服を脱ぎ、早速浴場へ入る。

温泉特有の不思議な匂いに驚きながら、奥へ進むと温度別に浴槽が分かれており、マッサージの部屋や治療用の浴槽もあった。

「すごいです……あの有名な温泉を堪能できるなんて夢みたい……！」

憧れだった温泉に浸《つ》かれるとは、なんて贅沢《ぜいたく》なのだろう。ずっと森の中で活動していたから、温かい湯を使えるだけでも嬉《うれ》しいのに、至極の癒しである。

「美肌の湯ですって。ここにしましょう」

乳白色の湯の浴槽を選び、ユンフィーアと並んで湯に浸かる。とろりとした成分の湯が、肌に潤いを補充してくれる。

「ふぅ……」

程よい温度の湯に、思わず感嘆の声が漏れた。体の芯から凝りが溶けていくようだった。

「改めて、任務お疲れさま。いろんな意味で、本当に疲れた数日間だったわ」

「本当に、お疲れさまでした」

お互いに労をねぎらい、感傷に浸る。

ユンフィーアにとっては初めての屋根のない野宿で、気苦労も多かっただろう。

森に慣れているサリュマーナでも、四六時中危険に晒《さら》された状況下で過ごすことは、思っていたよりも疲労が蓄積していた。

湯煙が充満する浴場をぼんやりと見つめていると、ユンフィーアにツンと肩をつつかれる。

「私ね、サリーちゃんに謝りたかったの」

「え？　ユンヒさんに謝られるようなことなんて、ありましたっけ……？」

いきなりそう言われて、記憶を掘り起こす。遠征を振り返ってみても、特に思い当たることがない。

「この遠征でサリーちゃんは何度も皆を助けてくれたわ。洞窟が崩れたときも、魔蝙蝠《まこうもり》の群れに襲われたときも。水竜だって、サリーちゃんがいたから皆無事だったんだもの」

「そんな……私は何もしてないです。全部運が良かっただけですから」

そう謙遜するサリュマーナに、ユンフィーアは首を振る。

「サリーちゃんは心がとっても綺麗だわ。自分の危険よりも、仲間のことを慮《おもんぱか》って……私なんかと大違いよ」

視線を伏せるユンフィーアの瞼《まぶた》が震えている。

「私ね、初めて魔獣を見て、死を近くに感じたとき、バードだけでいいから生き残ってほしいって……そう思ったの。私はなんてあさましくて卑《いや》しいのかしら……」

そう告白したユンフィーアの金色の瞳には、水の膜が揺れている。

「サリーちゃんは大切な友人なのに、大好きなのに……いざというとき、私はバードのことしか考えてなかったわ。薄情で最低な悪女なのよ、私は……」

今にも泣き出しそうで、小刻みに揺れる手を強く握りしめた。

「そんなことありません。ユンヒさんは豊富な知識で私たちを危険から守ってくれました。それにユンヒさんにとってホーバード様がとっても大切で、かけがえのない存在なのですから、そう思うのは当然のことです」

ユンフィーアの心が穢《けが》れているわけではない。至って普通の、一般的な感情だ。

罪悪感に苛《さいな》まれているユンフィーアを励ますように、にっこりと微笑む。

「私は要領が悪いんです。家族が多かったからか、大切な人に優劣なんてつけられない……そのくせ力はないし、自分の手の届く範囲には限りがあって、いつもロン様に迷惑をかけてしまっています」

無力な自分の代わりに、ロンヴァイはいつもサリューマーナの大切な人たちを掬《すく》い上げてくれている。

「サリーちゃんと友人でいる資格がないと思ったの。こんな性格の悪い女……」

「ユンヒさんは私の自慢の友人です！　大好きです！」

思わず大きい声が出て、浴場全体に反響してしまった。

何事かと目配せする他のご婦人と視線が合い、「すみません……」と肩をすくめる。

「ふふ。もう……サリーちゃんは人が良すぎるわ」

「ユンヒさんの知識豊富なところもセンス抜群なところもホーバード様一筋なところも、全部大好きです」

「……最後は余計よ」

顔を見合わせて笑い合う。上手《うま》く伝えられた自信はなかったけれど、ユンフィーアのすっきりとした表情を見て胸を撫《な》でおろす。

育った家庭環境も、今の貴族社会での立場もなにもかも違う二人だけれど、そこには確かな絆《きずな》があった。


夜はロンヴァイと客室に入り、一つの寝台に横になる。

温泉で体をほぐし、栄養たっぷりの食事で胃を満たして、ふかふかの寝台に身を投げる。不自由のない安全な暮らしが、いかに幸せだったかを痛感する。

今夜は久々に平和な夢を見られそうだ。

明日は早朝に出発して王城へ向かうため、二人は早い時間に寝床についた。

「ロン様、おやすみなさい」

「サリ」

ロンヴァイの逞《たくま》しい腕に抱きしめられる。サリュマーナの大好きな甘さのある猛々《たけだけ》しい香りに包まれて、思わず顔が綻んだ。

「……大丈夫、だろうか」

「ロン様？」

弱々しい声色を不思議に思って顔を上げる。いつも凛々《りり》しくて精悍《せいかん》な顔つきのロンヴァイが、眉を寄せ何かを考え込んでいた。

「何か不安でもあるのですか？　明日、王城へ行くことですか？」

「あぁ……」

サリュマーナに言うべきかを計りかねているのか、ロンヴァイの言葉は歯切れが悪い。

元々ロンヴァイは口数が少ない性分で、必要最低限の会話でしか情報を伝えてくれないきらいがある。

しかし些細《ささい》なことでも何か引っかかることがあるのなら、伝えてほしかった。

「私なんかに言っても解決にならないかもしれませんが、ロン様が少しでも不安に思うことがあれば仰《おっしゃ》ってみてくれませんか？　私もロン様と一緒に悩んで考えたいです」

広い背中に手を回し、ぎゅっとしがみつく。こうして密着しているだけで、自然と安心感が生まれるから不思議だ。

「そうだな」と頷《うなず》いたロンヴァイは、サリュマーナの艶《つや》やかな金髪を撫でながらゆっくりと話してくれた。

「今回の任務はあまりにも予想外の連続で、国王陛下や宰相たちは、果たして水竜を受け入れるのか。水竜の鱗を授かった、俺のことも……いや、俺のことはいいんだ。サリにまでもし危害が加えられることがあればと思うと……」

「ロン様……」

ロンヴァイの寝衣の襟から覗《のぞ》く、水銀色の鱗の痕。水竜から人間と竜の仲介人の証《あかし》として、契約痕を授かった。

でももしビトラ国の人々が竜を受け入れなかったら？　畏怖し、排除しようとしたら？

水竜と契約を結んだロンヴァイを、排しようとする動きが出てくるかもしれない。

それは当然ロンヴァイの妻であるサリュマーナにも影響が及んでしまう。そのことをロンヴァイは危惧しているのだ。

「確かに国の偉い方々が、今回の極秘任務の成果についてどう受け止めるかはわかりません。シュリのことだって……聖獣の存在を認めてもらえるか定かではありませんし」

考えないわけではなかった。動物でも魔獣でもない、神聖な生き物のシュリは善悪の区別がつかない稚拙な存在だ。森の中では自由に生きられても、街では必ず人間の手が必要になってくる。

もしシュリを邪悪なものだと言われ、害されるようなことがあれば、サリュマーナに助けてあげられる手段はない。

「サリも白綿も、もちろん全力で守るつもりだ。でも俺の権力じゃあ、全てを守ってやるのが難しいかもしれない」

「そうですね……。うーん。じゃあいっそのこと、そのときは二人で逃亡しちゃいましょうか！」

サリュマーナはにこっと快活に笑った。

「ロン様がいれば、森の奥深く誰も来られないような場所でひっそりと生きるのも楽しそうです」

「サリ……」

ロンヴァイの不安を取り除くように、サリュマーナは笑みを浮かべたまま鎖骨横の契約痕を撫でた。

「ロン様が苦労して手にしてくださったけれど、爵位も家も無くなってもいいです。追っ手に追われるような立場になっても、ロン様やシュリを守るためならそれでもいいです。一緒にいられるだけ、それだけで幸せですもの」

ぐっと下唇を噛《か》みしめたロンヴァイの瞳が揺らいだ。

傷になってしまいそうな唇に、吸い込まれるように口づける。

「ロン様、大好きです」

「サリにはもう……一生勝てないな。どれだけ俺を惹《ひ》きつけるんだ」

「私は当たり前のことを言っただけですよ？」

額と額を合わせる。伏せた眼の睫毛《まつげ》が、震えているように見えた。

「俺、サリに情けないところばっかり見せてるな……かっこわる……」

「そんなことないですよ。ふふ、とっても可愛《かわい》いです」

「……あんまり嬉しくないな」

ふてくされて唇を尖《とが》らすロンヴァイの頭をよしよしと撫でてあげた。

そんな行為もどこか不服そうにしていたけれど、夫が可愛いのだから仕方がない。

「明日、城で任務報告を行う。そうならないように善処はするが、万が一俺たちに不利な状況になったら……俺、サリのこと攫《さら》うから」

「ふふ、嬉しいです。どこまでもついていきます。私の旦那様」

互いの弱気な心の全てを包み慈《いつく》しむように、サリュマーナはロンヴァイを胸に抱きかかえたまま瞳を閉じた。

＊＊＊

国で最も腕の良い庭師が手入れした王城の庭園は、色とりどりの花が咲き誇っている。庭園を横切るように人工的に造られた小川の水は澄み切っていて、小さな魚が泳いでいる様子までよく観察できた。

多種類の花の芳《かんば》しい香りと、小川のせせらぎに包まれて、穏やかな時間が流れている。

極秘任務の完遂を報告した四人は、しばらく王城に滞在することになり、庭園で静かなひとときを過ごしていた。

小さな四阿《あずまや》に用意されたティーセットに手をつけながら、サリュマーナは安堵《あんど》の溜め息を吐き出した。

「緊張しすぎて、口から胃が出てきてしまうかと思いましたぁ……！」

極秘任務報告は、てっきり宰相室で内密に行われると思っていた。しかし王城に到着し、案内されたのは謁見の間。

田舎の下位貴族出身のサリュマーナは、新聞でしか国王陛下のご尊顔を拝したことがない。国王陛下を目の前にして、緊張で倒れてしまうかと思った。

「私、陛下はもっと厳かなイメージがあったのですが、まさかあんな無邪気な方だったなんて……」

ビトラ国で最高権力者であるウォルベイヤ国王陛下。幼い王子王女の父とは思えない、実年齢よりも若々しい顔立ちで、眉間に深く刻まれた皺《しわ》は、国の頂点に立つ者の厳かな雰囲気を感じた。

しかし報告が終わり、低頭する四人に対して国王陛下は「よくやった！」と一人一人を豪快に抱擁したのだ。

緊迫感のある空気感から一転、まさかの言動に皆呆気《あっけ》にとられた。

特に水竜から契約痕を授かったことを伝え、託された水晶を差し出したときはロンヴァイの頭を掻《か》き回して「でかした！」と歓喜していた。

国王陛下によると、王族に受け継がれてきた手記に、五百年以上前の歴史が記載されているそうだ。

ギュアロス族と竜との確執を知らないビトラ族は突然生活を奪われ、地を追いやられ、凶暴化した魔獣に蹂躙《じゅうりん》された。そうして罪のない先人たちを多く失った。しかしそれでもビトラ族は勇敢に魔獣と戦い、魔獣の核から魔力を得ることで、現在の国の在り方を確立していったのだ。

「我々ビトラ族の先祖は、困難な状況にも屈さず、知恵と勇気で民族を守ってきた。この水晶は水竜の懺悔《ざんげ》の証なのだろうな」

そう言って国王陛下は静かに目を閉じた。

なにも知らない無実のビトラ族に対して、水竜は少なからず心を痛めていたのかもしれない。

そのときはロンヴァイも、神妙な面持ちで契約痕に手を当てていた。

「水竜も聖獣のこともあっさり受け入れて、王城に迎え入れてもらえるなんてね。流石《さすが》に一悶着《もんちゃく》くらいはあるかと予想していたんだけど」

「あぁ」

謁見の間での国の重鎮たちの表情や言動を思い返して、ほっと嘆息する。

シュリやロンヴァイの契約痕を見つめる瞳は少年のように輝いていたし、まるで親戚の子供のように何度も「よく頑張った！」と労《ねぎら》いの言葉を頂戴した。今回の極秘任務の褒賞として高処遇を考えてくださるようで、サリュマーナは終始戦々恐々としっぱなしであった。

「何はともあれ……報告も無事に終わりましたし、来週まで王城で休養して良いとのことでしたので、久々にゆっくりできそうですね」

熱々の紅茶を口に含む。やっと全ての任務を終え、不安材料もなくなり、肩の力が抜けた。

「サリーちゃん、来週にはギュアロス国との友好記念祝賀会が開催されるのだから、悠長に休んでいる暇はないわよ。今からドレスを仕立てるのは間に合わないから、既製品に手を加えてオリジナリティのあるデザインのものを用意しなくてはね」

「うっ……無地の夜会ドレスでは駄目なんでしょうか……」

「領地の夜会はそれでいいけれど、王家主催の祝賀会では地味すぎるわ！　私も一緒に見立ててあげるから、早速仕立て屋と宝飾商を呼ぶわよ。あとシュリの可愛い首輪も見繕わないとね」

「ミュ？」

小川に花びらを浮かべて遊んでいたシュリは、名を呼ばれて不思議そうに首を傾《かし》げている。その平和で穏やかな光景に、思わず笑みが溢《あふ》れた。

# 幕間　可愛《かわい》くなった悪魔の涙

物心ついた頃から、ユンフィーアは植物が好きだった。なにもない領地で世話役と二人きりで静かに暮らす日々の中で、ユンフィーアを唯一癒してくれる存在だった。

初めは単純に色とりどりの美しい花びらに心惹《ひ》かれただけだった。しかし自分で植物を育ててみると、きちんと手をかけた分、大きく逞《たくま》しく成長してくれる。

それに植物が増えると自然とそこには昆虫たちも集まってきて、なんだか賑《にぎ》やかになった気分になった。

家に引きこもり誰とも交流することなく、ただ跡継ぎの保険として淑女教育を受ける。貴族令嬢とは思えない生活を送りながらも、土を触っている時間と植物図鑑を読むときだけは、心が躍った。

ビトラ国には魔獣が存在する。額から伸びる水晶のような核から魔力を得て、ビトラ国民は生活を送っている。

魔力が宿るのは魔獣の核だけではなく、植物のなかにも不思議な効力を発揮する稀有《けう》な草花があった。そのうちの一つが催眠花バヌスである。

香りで生き物を惑わせ催眠状態にし、命が絶えるまでひたすら目の前の生き物を攻撃させる、恐ろしい花。

まさかその白い花に出くわすなんて思ってもみなかった。そしてその毒に最愛の人が侵されてしまうことも――。

「どうして解けないの？　もしかしてもう手遅れ……？」

白い小さな花を潰し、もう催眠効果を発していないはずなのにホーバードの正気が戻らない。

いつもは垂れがちで甘やかな瞳が、今は生気がなくまるで銅像のようだった。

催眠花の性質により完全に心を奪われた者は、二度と取り返すことができない。廃人となり、やがて死に至る。そう本に記載されていたことを思い出して、全身の血の気が引いていく。

もうバードは私のことがわからなくなってしまった……？　このまま、廃人形のようになって、壊れていってしまうの……？

そう思うと、世界が真っ暗になってしまった。

――僕の愛《いと》しいユンフィーア。

最愛の人の声が耳に残っていて。

――ユン、愛してるよ。

最愛の人のぬくもりが肌に残っている。

ぐっと歯を噛《か》みしめる。ただ消えていく光を見ているだけなのは嫌だ。

ユンフィーアは暴れまわるホーバードに、思いきり抱きついた。

「バード、戻ってきて！　ぅぐ……！　いやっ！　バードいかないで……！」

何度も横腹を思いきり殴られて、口の中に鉄の味が広がる。

それでも必死に手を伸ばす。どれだけ傷ついてもいい。ボロボロになってもいい。

今離れてしまったら、このままホーバードがどこかへ消えてしまいそうで。どうしても離したくなかった。

頬を両手で包み込む。中性的で鮮やかな若草色の瞳は力を失い、鬱々《うつうつ》としていた。焦点すらも合わない。ユンフィーアを認識すらしていないのだろう。

「バード。私のバード……お願い、戻ってきて」

ドッという鈍い音がする。再三拳を腹で受け止めながら、強引に唇を重ねた。いかないで。私をひとりにしないで。バードがいないと、生きていけないの——。

腹に沈んだままの拳から、次第に力が抜けていくのを感じた。

「ゆ……ん、」

「う……うぁ……」

「僕はいったい……」

正気を取り戻した眼差《まなざ》しを見て、全身の力が抜ける。

何度もホーバードに殴打された腹部は内臓が傷ついているのか、ジクジクとした痛みが広がっている。

ユンフィーアは腹を抱え、地面に倒れ込んだ。

「ユン、ごめん……っ！」

腹部からあたたかい魔力が流れ込んできて、ユンフィーアの傷ついた内臓の傷が塞がっていく。内出血を起こしている部分を全て止血され、痛みを取り除かれていく。

やっとユンフィーアはまともに呼吸ができるようになり、肺に大量の酸素を取り込んだ。

「はぁ、バード……」

「僕のせいだ……擦《かす》り傷一つつけないって言ったのに。ごめんユン、ごめん……」

ユンフィーアを抱きしめる腕は、恐怖に震えていた。ぬくもりに包まれて、目に涙が浮かび上がってくる。

「よかった……」

「何でこんな危険なことをしたんだ！　逃げてくれればっ！」

「このままバードが死んでしまうなら、私も一緒に死にたいと思ったの」

逃げることもできた。見捨てることもできた。

でもホーバードの心が無くなってしまうのなら。

愛されることがなくなってしまうのなら。

これから先の人生に貴方《あなた》がいないのなら。

いっそのこと、愛する人の腕の中で逝《い》きたい――そんな風に思ってしまう自分は、きっと大馬鹿者《ばか》なのだろう。

「私、バードがいないと生きていけないの」

ユンフィーアは花が綻ぶようにふわりと笑った。

「ユン……！」

ユンフィーアを掻《か》き抱《いだ》く大きな身体《からだ》が、小刻みに震えている。

「ごめん、痛かったね。辛《つら》かったね。ごめん……！」

「ふふ。そんなこと、いつものことだわ」

蔑《さげす》んで虐《いじ》めて容赦なく責め立てて。流石《さすが》に暴力を振るって身体を傷つけられたことはなかったけれど、今までの酷《ひど》い仕打ちを考えたら、こんなことユンフィーアにとって大した問題ではなかった。

存在を確かめるように、気持ちを確かめるように瞳を覗《のぞ》き込む。いつも悪戯《いたずら》に嗤《わら》う意地悪な眼は、情けなく潤んでいた。

なんだか、良いものを見たような気がした。

涙を味わうように、そっと眦《まなじり》にキスをする——いつもホーバードがユンフィーアにするみたいに。

塩《しょ》っぱくて、でも少しだけ甘い味がした。

「私のバード。おかえりなさい」

今にも泣き出してしまいそうなホーバードの頭を抱え、胸の中に閉じ込めた。

＊＊＊

無事に極秘任務を終えた四人には、他国の王族や高位貴族に提供される、上等な客室が用意されていた。

「呼ぶまで誰も入れないで」

「かしこまりました」

ホーバードは使用人に声をかけると、美しい芸術品のような調度品や絵画には目もくれず、一目散に寝室へと向かう。

「バード様？」

大きな寝台に腰掛けるように促されて、不思議そうにホーバードを見上げる。

「ユン、全部脱いで」

「ちょっと、いきなり何するのですか……！」

手品のような手捌《てさば》きで、あっという間に身につけていた衣類を剥《は》がされる。

胸の前で腕を交差させ、脚を丸めて身を縮こまらせた。

カーテンすら閉じられていない寝室は、燦々《さんさん》と太陽光が降り注いでいる。

「隠さないで。全部見せて」

「やぁ……！」

両手を掴《つか》まれ、シーツに縫いつけられる。日光に照らされた裸体は、その色や形を細部まで映し出す。

ホーバードはユンフィーアの腹部に視線をやりながら、苦々しく顔を歪《ゆが》めた。

「ごめん。本当にごめんね、ユン……。ここ、相当痛かったでしょう？」

そこは催眠にかかったホーバードに殴られた場所だが、今は治癒魔法により本来の白磁のような肌に戻っている。ホーバードは完全治癒した傷痕をいたわるように撫《な》で、薄い腹に唇を当てた。

「今は痛みも傷も全くありません。バード様が治癒してくださったから」

ユンフィーアは脂汗をかき、一生懸命に治癒魔法を施してくれたホーバードの姿を思い出して頬が緩んだ。

治癒魔法は上級魔法だ。魔力量の消費が多く、緻密な魔力制御が必要な難しい魔法だと聞いている。ホーバードは無理をしてまでユンフィーアを癒してくれたのだ。

その事実が嬉《うれ》しくて、くすぐったい気持ちになって。

艶々《つやつや》としている頬を撫で、顔を近づける。

「バヌスの催眠効果だということは理解していますし、バード様のせいではありませんわ」

「でもユンに擦り傷一つつけさせないと約束したのに……傷つけたのが僕だなんて。自分のことが許せないよ……」

悔しそうに情けなさそうに歯を食いしばるホーバードの頬を、すりすりと撫でてあげた。いつも意地悪せずに今みたいに素直でいてくれたらいいのに……と思わず笑ってしまいそうになる。

「結果としてみんな無事に帰ってこれたんですもの。それで良いではありませんか」

「僕にとって、他人なんてどうでもいいよ。ユンが無事ならそれでいいから」

「ユン、ユン……」と何度も名を呼び、肌に顔を埋めるホーバードが可愛《かわい》らしく思えてくる。

自分が絶対に守ると決めていたユンフィーアを、自分が傷つけてしまった。たとえ催眠花のせいだったとしても、ホーバードは自分自身を許せないのだろう。

ホーバードは何もかも完璧な男性だ。

三大貴族の嫡男であり、圧倒的な権威を持つ。その容貌も中性的で艶っぽい色男だ。実力至上主義の黒騎士団でも副団長を務め、その弓はビトラ国随一の実力である。

そんな全てを持つホーバードが、たった一人の女性に対してここまで深く心を砕いている。

ユンフィーアは甘く収縮する心臓を心地よく感じながら、滑らかな頬を撫で続けた。

「日頃から私に意地悪ばかりする罰ですわ。少しは反省してくださいませ」

クスクスと笑いながら、可愛くなった夫を宥《なだ》める。

ホーバードの左手を取り、自らの頬に当てる。その大きな手は、ユンフィーアの小さい顔を包み込んだ。

温かくて、武器を扱う男らしい手。

いつもユンフィーアを虐めてくる憎らしい手。

如何《いか》なるときもユンフィーアを守ってくれる逞しい手。

じんわりと広がっていく体温を素肌で感じながら、そっと目を伏せる。

今回の極秘任務では、色々なことがあった。初めて野宿をして、初めてカトラリー無しで食事をして、初めて死を近くに感じた。

そこで実感したのは、生きたいという人間としての生存本能ではなく——死の世界でもいいから、ただホーバードと共にいたいという捻《ね》じ曲がった愛だった。

「全部、ぜんぶ……バード様のせいです」

「僕のせい？」

「私が弱くなったのも、馬鹿になったのも、全部バード様のせいですわ」

ゆっくりと目を開けると、蕩《とろ》けるように甘い視線に絡め取られる。

「じゃあ、僕が一生責任をとってあげるよ」

「んっ」

艶やかな白銀髪を背中に流し、優しく肩を撫でられるだけでぞわっとした快感が走った。

「そういえば、ユンは僕がいないと生きていけないんだっけ？」

「あ……」

耳朶《みみたぶ》をねっとりと舐《な》めあげながら、脳髄に甘い声が響く。じわじわと体温が上がっていくのを感じた。

「ユンは僕のためにたくさん頑張ってくれたし、僕のせいで傷ついてしまったから、優しくしてあげようと思っていたんだけど」

「ひぁっ、あっ！」

「ユンが好きすぎて、ちょっと……いじわるしたくなってきちゃった」

ユンフィーアの太腿《ふともも》に、膨張した股間が当たっている。その下衣から伝わる硬さや熱に、カァと顔が熱くなった。

「やっ、任務が終わったばかりなのに、こんなこと……！」

「僕もユンがいないと生きていけないよ。ユンだけ……ユンフィーアじゃなきゃ駄目」

ホーバードの手が柔らかな臀部《でんぶ》をいやらしく撫でる。長く太い指が、みずみずしい肉に埋まっていく。

「あっ、そんな言い方、ずるいわ……っ」

「大好きだよ。愛してる、ユン」

「ばかぁ……！」

素直な身体は愛の言葉に歓喜して、下腹部が内側に引き絞られるように疼《うず》いてしまう。

「ねぇ、このまましよっか」

「だ、だめよ……少しは私を休ませてくれても……」

「どうしても、駄目？」

垂れた眦で甘えたように見つめられて、うっ……と心が揺らぐ。

けれどどこんな日中から身体を交えるなんて、褒められた行為ではない。ユンフィーアは頑として首を振った。

「そっか、わかったよ。じゃあ」

押し倒され、ギシッと寝台が軋《きし》む。ホーバードの腕に囲われ、逃げ道を絶たれた。

先程の可愛らしい表情から一転して、いつもの真っ黒い笑みを見てしまう。「あぁ、もうだめだわ……」と察してしまった。経験値というのは恐ろしい。

「ユンが僕を欲しくてたまらなくなって、我慢できないくらいになるまで……たくさん気持ち良くしてあげるね」

にっこりと優美に微笑むかんばせが、よどんで見える。

私に優しくしてくれることなんて、きっと死ぬまでないんでしょうね……。

ユンフィーアは投げやりにぎゅうっと瞳を閉じた。

「ん、またイった？　今ので二十七……いや、二十八回目だっけ？」

「あっ、もう、おかしくなるっ……！」

「ひぁああ……っ！」

ユンフィーアは頭下にある枕を握りしめながら、腰を浮かせてビクビクと震えていた。

ホーバードの指が蜜穴を掻き回し、蜜壁のざらついたところを執拗《しつよう》に押し撫でてくる。秘部はぐっしょりと濡《ぬ》れ、シーツには染みが広がっていた。

ふるふると揺れる豊満な乳房の頂を、舌で甚振《いたぶ》られる。舐めて、吸って、甘噛みされて、擦り潰されて。先程から快感が止まらない。

「さっきからずっとイキっぱなしだもんね。これってどこからどこまでを一回と数えるか、難しいところだなぁ」

ユンフィーアが絶頂に達した回数を愉《たの》しそうに数えて、敏感な性感帯を虐めてくる手は緩めてくれない。

あんな大変な極秘任務をこなした後なのにもかかわらず、ホーバードの愛し方はいつも以上に容赦がない。

それを嫌がるどころか、少しだけ嬉しく思ってしまう自分は、やはり悪魔に毒されているのだろう。

「バード……！　あっ、あっ、あぁ……」

「そろそろ、指だけじゃ物足りなくなってきたんじゃない？」

うっとりと嗤うホーバードを潤んだ瞳で睨《にら》みながら、プイッと横を向く。

一度許してしまったら、絶対に今後もホーバードに好き勝手身体を暴かれてしまう。

生涯一過酷な仕事を終えて、まだ日が昇っている時間から身体を繋《つな》げるなんて。こんな暴挙、絶対に許してはいけないわ……！

くらくらする意識のなか、ユンフィーアはなんとか意志を強く保った。

「ふふふっ、まだまだ余裕そうだね」

ホーバードはユンフィーアの体を転がし、うつ伏せにすると、腰を持ち上げる。

お尻を突き出すような姿勢になり、慌てて手を突き四つん這《ば》いになる。

「バード？　あぁぁっ！」

「ユンは本当、すべてが綺麗《きれい》だね」

桃尻の丸みから背中にかけて舌を這わせながら、再度蜜穴に指を突き入れられて、反射的に背がのけ反った。

「汗すらも美味《おい》しく感じるよ」

「や、やぁ……きたないからっ、浄化、まほうして……！」

「んー。やだ」

「そんな……やだっ、なめないで！　へんたいバード！」

ユンフィーアの肌を舐め回す舌の動きは止まらない。

ホーバードが指を動かすと、ぐちゅぐちゅと卑猥《ひわい》な音が部屋に響き渡る。

「ふふ。じゃあ変態にこんなことされて、感じてるユンは淫乱、かな？」

「ああっ……！　はげし……っ、あぁ！」

ユンフィーアの弱い場所を弄《いじ》られて、勝手に腰が跳ねる。

「淫乱なユン、可愛いよ。大好き」

「え……？　うそっ、いや！　やめて……！」

ホーバードは前の穴に指を入れたまま、後ろの不浄の穴を舌で舐めあげた。

ぎゅううっと下半身に力が入る。

「だめ！　おねがい、そこはいやなの……！」

「だってこっちは指で満足してるみたいだからさ。でも僕もユンと一緒に気持ち良くなりたいし、それならコッチに挿《い》れるしかないでしょ？」

「へんたいぃい！　やだっおねがい、そこはぜったいいやなの。やめて……！」

後ろの排泄《はいせつ》物の通り道に、ホーバードを受け入れるなんて、恐ろしくて到底許せるわけがない。ほろほろと涙が溢《あふ》れてくる。

「ユン。ほら……してほしいこと、言ってごらん？」

いつも、いつも、いつも。

こうしてユンフィーアを囲って逃げ道を塞いで、思い通りに誘導して。全ての感情をホーバードに向けさせられて、四六時中ホーバードで頭の中を占拠されて。

むくむくと膨れ上がる羞恥心と呆《あき》れと怒りと共に――ホーバードに溺れてしまいたい愚かな自分の恋心が爆《は》ぜる。

後ろに首を向け、頬を涙で濡らしながらユンフィーアは白旗を上げた。

「うしろやだ……ゆび、じゃ、たりないの。たりないから、だから……！」

「うん、だから？」

最後の言葉を言い切るまで、ホーバードは決して許してくれない。心の中で「馬鹿阿呆《あほう》鬼畜変態めーっ！」と罵りながら、恍惚《こうこつ》とした若草色の瞳を見つめる。

「バードがほしいの。挿れてほしい……っ」

「いつだってユンの啼《な》き顔は最高に可愛いね。すごく興奮するよ……！」

「あぁああ……！」

ぐずぐずに蕩けきった蜜洞は、凶大な肉棒をあっさりと呑《の》み込んで奥まで沈んでいく。

下腹部が圧迫されて、何度もいやらしく締めつけてしまう。

「ユン。任務を終えた後の魔法騎士を焦《じ》らすとどうなるか、身体でしっかり覚えようね。これからもずーっとユンに癒してもらうんだから」

なだらかな腰を力強く掴むと、ホーバードが激しく律動を開始する。淫らに絡みついている蜜壁を強引に引き剥がし、最奥にある子宮口を容赦なく叩《たた》きつけられる。たった数回突き上げられただけで、ユンフィーアは真っ白な世界へ飛ばされてしまった。

「あぁぁ――――っ！」

「すごく気持ちいいよ。ユンのなか、すごくうねってる。腰が溶けちゃいそう……！」

耐えられないほどの強烈な快楽に、力が抜けて情けなく枕に顔を伏せてしまう。

「あんっ、あっ、あっ、あぁ――！」

「こんなんで音《ね》をあげていたらだめだよ。ユンを傷つけてしまった分、今からもっともっと気持ち良くしてあげるんだから」

止まることのない激しい抽送《ちゅうそう》に、涙が止まらない。腰はずっと痙攣《けいれん》しっぱなしで、ホーバードの雄を絞り取ろうと淫靡《いんび》に蠢《うごめ》いている。

しっかりと腰を捕まえられているせいで、逃げることも崩れ落ちることすら許されない。

「きもちい、いってるの、いっぱいいいってるのっ、もうやぁ……！」

「気持ちいいね。僕もすごく気持ちいいよ。だからずーっとしていようね」

「あぁ、あ、あ――……」

頭がくらりとして、何度も意識が飛びそうになるのを必死で堪《こら》えた。

ぐっと上体を持ち上げられ、後ろから双丘を揉《も》みしだかれる。ホーバードの手に収まりきらないたわわな柔肉が、淫らに形を変える。

「ユンはどこに触れても気持ちいいな」

激しい抜き挿しから、今度は身体を密着させて最奥をこねるようにゴリゴリと抉《えぐ》られる。全身に雷で貫かれるような衝撃が走った。

「ねぇ……ユン、ここどう？　僕を感じる？」

胸を愛撫《あいぶ》していた手が曲線を辿《たど》り、下腹部に当てられる。ちょうど子宮のある位置をぐっと押され「ひうぅっ！」と情けない声が溢れ出た。

外側と内側から子宮を押しつぶすようにこねられて、強い快感に耐えられなくなる。

「あ……！　かんじるっ、かたいの、あつい……！」

「じゃあちゃんとここで僕の愛を受け取ってね」

「だめっ、つよくしないで……！　こわれちゃあぁぁあ――……！」

「あぁっ、だすよ――！」

背を反らせ、やり過ごせないほど強烈な快楽が弾《はじ》け飛ぶ。お腹の奥に熱いものが広がっていく感覚だけ鮮明に感じ取っていた。

もはや自分の声も聞こえなくて、頭の中は真っ白で、わけがわからなかった。

おそらく、一瞬気をやっていたのだと思う。荒く呼吸をしながら目を開けると、ねっとりと微笑む美しい悪魔がいた。

「本番はこれからだよ。たくさん悦《よ》くなってユンの可愛い啼き顔、いっぱい見せてね」

もし自分に来世があるのなら、そのときは絶対真っ当な人を選ぶわ……と頭の隅で思いながら、ユンフィーアは抵抗することを放棄した。

# 十一　新たな未来をあなたと共に

王城での滞在許可をいただいたはいいものの、なんだか落ち着かない。一歩客室の外に出れば多くの城勤めの人々にすれ違い、隣国との友好記念祝賀会の準備で城内は常に忙《せわ》しない。

ユンフィーアと祝賀会用のドレスを注文した後、空いた時間にロンヴァイと城下に下りていくことにした。

結婚後、ロンヴァイとゆっくりデートすることは少なかったので、良い機会だと散策デートをすることにしたのだ。

特にこれといった目的はなく、ぶらぶらと街を歩く。

「あのケーキ美味《おい》しそうですね！　でもすごく並んでいます……」

「あそこは通るたびにいつも長蛇の列だ。相当な人気店なんだろうな」

「流石《さすが》に並ぶ勇気はないですね」

お店を囲うように客が列を作っている。ウィンドウからパティシエがケーキを装飾している様子を見ることができ、小さな子供たちが集まって目を輝かせていた。

「ロン様はこうして散策したり買い物をすることって……」

「ないな。たまに武器屋に行くくらいだ」

「ですよね」

非効率なことを嫌うロンヴァイは、計画や目的もなく出歩くようなことは基本的にしない。サリュマーナとのデートは例外だと言ってくれたけれど、本来であれば用事だけをさっさと済ませたいタイプだ。

「疲れたり帰りたくなったら、いつでも言ってくださいね？」

「サリといる時間はどんな時間でも大切だから。俺のことは気にしないで、思う存分やりたいことをしよう」

常時無表情なのに、サリュマーナと視線が合うと目が柔《やわ》む。その優しい微笑《ほほえ》みにキュンと胸がときめく。

結婚してどれだけ日数が経《た》っても、ロンヴァイの言動一つ一つに反応してしまう恋愛脳は一生治らない気がした。

「あ、あそこに入りませんか？　今ちょうど団体客が出てきたので、すぐ入れそうですよ！」

お洒落《しゃれ》な外観が立ち並ぶ通りをゆっくり歩いていると、十数人の集団が店から出てくるところに鉢合わせした。

どうやらこの店は軽食や菓子を提供するカフェのようだ。

「行こうか」

ロンヴァイの賛同を得て入店する。案内された席で、サリュマーナは思わず感嘆の声をあげた。

「シュリカー！　うそ、こんなところで会えるとは思っていなかったわ」

「サリー久しぶりっ！」

友人との再会に抱き合って喜ぶ。

昨年、騎士団専属娼婦《しょうふ》として共に働いていたシュリカは、蜂蜜色の緩やかな髪に紫の瞳をした可愛《かわい》らしい女性だ。可憐《かれん》な見た目とは裏腹に、奔放で素直な性格をしている。

シュリカの丸いアメジストのような瞳を見ていると、王城で留守番をしている愛くるしい聖獣シュリの姿が脳裏に浮かんだ。

――シュリカは聖獣の名前の由来が自分の名からとったものだと知ったら、きっと大喜びするわ。

「シュリー！　きゃあっ可愛い！　同じ名なんて嬉《うれ》しいっ！」とはしゃいで喜ぶシュリカの姿が容易に想像できて、サリュマーナは思わず笑ってしまいそうになった。

竜と聖獣のことは、今はまだ秘匿しなければならない。

いつか情報解禁になったら、すぐにシュリカに知らせなければと心に留めておく。

シュリカの隣には夫となったユランがいた。大柄で物腰柔らかな穏やかな表情は、彼の温厚な性格を如実に表している。

「ユランか。他の隊員も皆元気にやっているか？」

「ロン副団長、お久しぶりですね。バード副団長と別任務に従事していると伺っていましたが、もう帰還されたのですか？」

「そうだ」

ロンヴァイと同じ第三黒騎士団・第一編成部隊に所属するユランは、部下にあたる。

立ち話は周囲に迷惑なので、隣の席に着席してケーキと紅茶のセットを注文した。

「そろそろサリーとユンヒさんにも報告の手紙を書こうと思ってたところなんだ。あたし、今妊娠しているの！」

「ええっ！」

シュリカはにへらと笑って、少し膨らんだお腹《なか》に手を添えた。裾広がりのふんわりとしたワンピース姿だったので、一目では気がつかなかった。

「おめでとうー！　ユンヒさんも喜ぶと思うわ！」

「えへへ」

幸せそうに顔を綻ばせるシュリカは、天使のように可愛らしい。

ユランとの結婚生活が順調で、愛に満ち溢《あふ》れたものだということがよく伝わった。

「ユランも父親になるんだな。おめでとう」

「ありがとうございます。仕事も精進します！」

平民のユランは実力主義の黒騎士団で少佐の地位を得ている。多くの功績をあげ、爵位を叙されるよう一生懸命に仕事に取り組んでいると、ロンヴァイから聞いていた。

今はまだ爵位を賜る成果を出せていないが、このままの調子だと叙爵ももうすぐだとロンヴァイが言っていた。

二人とも幸せそう……。

サリュマーナにまでも多幸感が伝染する。大好きな友人に再会して、満ち足りた気持ちになった。

思いがけない友人との邂逅《かいこう》に、長時間話し込んでしまった。

そのまま帰城しなければならない時間になってしまって、結局あまりデートらしいことはできなかった。

「ロン様ごめんなさい、せっかくのデートだったのに話し込んでしまって……」

「楽しかったんだろ？　謝る必要なんてない。デートは、またいつでもできる」

「ありがとうございます」

相変わらず、ロンヴァイはサリュマーナに甘い。

自分よりも他人を優先してしまいがちなサリュマーナを咎《とが》めることなく、ありのままを受け入れてくれるロンヴァイには感謝の気持ちでいっぱいだ。

王城でサリュマーナたちに用意された客室に戻る。豪奢《ごうしゃ》な調度品が置かれ、立派な油絵が飾られている。小ぶりなシャンデリアがぶら下がっており、部屋を輝かしく照らしていた。

まるで絵本に出てくる大国の姫様の部屋のような豪華さに、サリュマーナは入室するたびに驚いてしまう。

「私、体を清めてきますね。湯殿を先にお借りします」

この客室に備えつけられている湯殿はとても広くてサリュマーナのお気に入りだ。暇さえあれば日に何度も湯殿を利用するくらい、贅沢《ぜいたく》させてもらっている。

脱衣所につき、外出着を脱いでいるとロンヴァイが入ってきた。

「ロン様、先に湯を使われますか？　それなら私は後で……」

「一緒に入ろう」

「えっ、私は一人で……！」

「別に初めてじゃないだろ。それにデートが中途半端になってしまったんだから、これくらいしてくれてもいいんじゃないか？」

「そ、れは……」

散策デート中にもかかわらず、話し込んでしまったのはサリュマーナだ。ロンヴァイの言い分に反論できず、しどろもどろになっていると、湯殿の中へ引っ張られていく。

湯殿は洗い場とマッサージ用の休憩場、浴槽と使用用途によって分かれていた。浴槽には絶えず熱々の湯が掛け流しになっている。

「俺が洗ってあげる」

ロンヴァイは強引にサリュマーナを洗い場に連れていき、全身に優しく湯をかけた。石鹸《せっけん》を泡立たせると、フルーティーで爽やかな香りが充満する。

「あっ、ロン様、恥ずかしい……」

ふわふわの泡が肌の上で弾《はじ》ける。その手つきは決していやらしいものではないのに、指の間や足の裏まで丹念に洗われて、勝手に身体《からだ》が反応してしまう。恥ずかしくて仕方なかった。

「ぁんっ……」

にゅる、と双丘を撫《な》でられ、甘ったるい声が湯殿に反響する。既に硬く芯を持った先端に指が当たるたびに、身体がピクンと跳ねてしまった。

「可愛い、サリ。もっとしてほしい？」

「やっ……」

ロンヴァイは決して淫《みだ》らな行為をしているわけではない。それなのに勝手に身体を熱くして、感じてしまう自分がはしたなくて。必死に首を横に振った。

「そうか。残念」

フッと小さく笑うロンヴァイの吐息が、耳元に吹きかけられる。

ロンヴァイの無骨な手が、滑らかな臀《でん》部《ぶ》を包み込む。泡のせいか、肌を撫でられるだけで気持ちい い。

「あっ、そこは自分で洗いますからっ、あぁぁっ！」

秘部を往復して擦《さす》られて、ピクピクと身体が震える。

「やぁ、だめぇ……！」

必死に脚を閉じても、泡が潤滑剤となって容易に手の侵入を許してしまう。

最後に入念に背中を洗った後、湯で泡が流れていく。

「特に体に傷はないな。痛むところはないか？」

「ない、です……」

ドレスを選んで、城下で散策しただけなのに怪《け》我《が》なんてあるはずがない。むしろ羞恥で心臓が痛いくらいだ。そう言い返したいのに、疲労困《こん》憊《ぱい》で息切れして言葉が出なかった。

一方ロンヴァイは生き生きと楽しそうにしているものだから、仕返ししたくなる。

「今度は私が洗いますっ」

「ん。お願い」

あっさり了承したロンヴァイと攻守を交代する。同じ石鹸をふっくらと泡立てて、大きな体に乗せ、掌《てのひら》で優しく広げていく。

一つ一つ筋肉の形がわかるほど鍛えられた、逞《たくま》しく屈強な体躯《たいく》。しかしその筋肉は大きくなりすぎず、全身にバランスよくついている。柔軟性に富み、複雑に全身を使いながら闘うロンヴァイの戦闘スタイルに合った体つきだ。

黒騎士団の副団長として最前線で魔獣と相見《あいまみ》えてきたロンヴァイの体には、無数の傷痕がある。

ロンヴァイの筋肉の硬さを感じながら、爪の先まで丹念に洗う。

サリュマーナの小さい手の動きがこそばゆいのか、ロンヴァイに「もっと大胆に洗ってくれていい」と指摘されてしまった。

ロンヴァイの鎖骨辺りに刻まれた水銀色の痕を優しく撫でる。

「痛くないですか？」

「あぁ、大丈夫」

人間と竜の間を取り持つ役割として授けられた鱗《うろこ》を撫でていると、国の重要な役割を担うことになったロンヴァイに対する敬意が湧き起こってくる。

水竜にもシュリにも目をかけられたロンヴァイは、きっとこの大役を成し遂げることができるとサリュマーナは信じている。

そんなことを考えながら背中、胸、手、足と洗う。残りは一ヶ所となり、一瞬どうしようかと躊躇《ためら》う。

ええい、やっちゃえ！　とサリュマーナは視線を逸《そ》らしながら、硬さを持ち始めた男根をするりと撫でた。付け根にある膨らみもしっかり洗って、さっさと湯をかける。

きっと今サリュマーナの顔面は真っ赤になっているに違いない。

「ありがとう。もっと洗ってくれても良かったけど？」

「……っ、これで精一杯です……！」

クスリと笑われて、さらに顔面に熱が集まった。

滑らないように注意して移動し、二人で湯に浸《つ》かる。泳げそうなほど広い浴槽なのに、ぴったりとくっついたままだ。

「ロン様、広いのでそんなにくっつかなくても……んんっ」

熱のこもった瞳で見つめられたかと思うと、唇を奪われた。

触れ合うだけの淡い口づけから、舌を絡め合う濃厚なものへと変化していく。

「んっ、はぁ……ぅむっ、んん……」

ロンヴァイとのキスは甘い。

肉厚な舌は口腔《こうこう》内の全てを蹂躙《じゅうりん》して、サリュマーナを溶かす。そして唾液は花の蜜のように甘くて、もっと欲しくなって積極的に嚥下《えんげ》してしまう。

「はぁ……ロンさま、好き……」

とろんと蕩《とろ》けた瞳でロンヴァイを見つめる。鋭い眼は、獰猛《どうもう》な光をまとい始めていた。

「これからもずっとサリを守るから、俺のそばから離れるなよ」

「はい……！」

ぎゅうっと隙間なくぴったりとくっついて抱き合う。

そして、ずっと気にしていた疑問を投げかけた。

「ロン様はどうして私に怒らないのですか？　今日だってロン様を振り回してばかりで……」

「前に言っただろ。サリの大切なひとは、俺にとっても特別だ」

「でも、そのせいでロン様に迷惑をかけてしまうことばかりで、いつも心苦しく思っているんです。私が不器用で力量がないから……」

六人姉弟の長子として、常に幼い弟妹たちを庇《かば》ってきたサリュマーナの自己犠牲精神は、すぐには直せない。身体に根深く染みついていて、条件反射のように動いてしまう。それがサリュマーナにできる力の範囲外であっても感情だけで動いてしまって、結局ロンヴァイの手を借りることになってしまうのだ。

「サリの他人を思いやる優しくて強いところに惚《ほ》れたからな。好きになったところを直せなんて、言うはずないだろ。確かにサリが無茶ばかりして、自分の身を顧みないところは心配だが……その分俺が守ればいい話だ」

うる、と目に涙が迫《せ》り上がってくる。

愛する人にありのままの自分が好きと言われて、嬉しくないはずがない。

サリュマーナを丸ごと包み込んで、優しい愛情を注がれて胸が収縮する。

「サリの全部が好きだ。宝石みたいな瞳も、優しくて小さな手も。俺を癒して愛してくれる、いやらしいココも」

「ぁんっ……！　わ、わたしも、ロン様の全部が好き……あっ！」

小ぶりな桃のような臀部をなぞり、秘裂を左右に広げられる。

「全部って、どこ？」

「えっと、強くてかっこいいところとか。優しいところとか……あとたまに可愛いところも」

「ふっ、可愛いってなんだよ」

すりすりと秘所を嬲《なぶ》られ、ロンヴァイの広い肩にしがみつく。

「はぅ……ロンさまが私に癒されて、気持ちよさそうにしてる姿が、すっごくかわいいです」

「…………」

何故《なぜ》かロンヴァイが石のように固まってしまった。

「ロンさま？」

不思議そうに顔を覗《のぞ》き込むと、ギラついた瞳に囚《とら》われて唇を食べられた。

身体を持ち上げられ、浴槽からあがる。すぐ隣に設置してあるマッサージ用の休憩台に寝かされた。

「んっ、んん……！」

「はぁ……確かに任務中は、ずっとサリに癒してもらってばかりいたからな。今日はとことん俺が癒してやる。サリの気持ちよさそうにしてるやらしい顔、見ててやるよ」

「ひぃっ！」

どうやらロンヴァイの男としてのプライドを刺激してしまったらしい。

ロンヴァイはサリュマーナのしなやかな脚を持ち上げ、指をぱくりと口に含んだ。

「あっ、やめ……っ！」

「サリはどこを舐《な》めても甘い。不思議だな」

「あ、あまくないです……！」

ロンヴァイはサリュマーナの全身を舐めしゃぶった。爪や指と指の間、自分では見えないところから汚いところまで、全ての肌を味わう。

いくら洗った後とはいえ、照明が煌々《こうこう》と照らすなか全てを曝《さら》け出されて、羞恥心が何度も爆発してしまいそうになった。

はぁはぁ、と息を荒げるサリュマーナと指を絡めて手を繋《つな》ぐ。

ふっくらとした丸い胸の先端にある、薄紅色に色づいた蕾《つぼみ》をちゅうっと吸い上げられた。

「ひゃあっ！」

「ん……、ほら甘い」

「あっ、あっ、あぁ……！」

舌先でころころと転がし、甘噛《あまが》みされて甘美な痺《しび》れが下腹部に集まってくる。太腿《ふともも》を擦り合わせてもじもじと動いてしまって、その様子を見たロンヴァイは嬉しそうに口角を吊《つ》り上げた。

「こっちもしてほしそうだな」

「あっ、ロンさま……！」

「すご……サリは随分と濡《ぬ》れやすくなったな」

しなやかな脚を開き、蜜園をねっとりと観察される。指で秘裂を左右に開き、粘膜の内側に舌を挿《さ》しいれられ、じゅるると愛液を啜《すす》られた。

「あああっ！」

吸われたかと思うと今度はしつこく嬲られて、その緩急のある愛撫《あいぶ》に翻弄される。

勝手に腰が揺れて、ねだるみたいに顔に押しつけてしまうのが恥ずかしくてたまらなかった。

秘裂の上部にある小さな粒に歯を立てられると、強烈な刺激が走って足先がピンと伸びる。

「あぁっ、きもちいいっ！　きもちい……やっ、イく……っ！」

背が浮き上がり、跳ねる下半身をロンヴァイにしっかりと捕まえられる。痙攣《けいれん》して震えているのに、なおも性感帯を刺激する舌の動きを止めてくれない。

「イくっ、きもちいいの、ろんさま、やぁっ、やぁあぁ――！」

ロンヴァイの頭を強く押してみても、屈強な男の力には敵《かな》わなくて、何度も絶頂に達した。

ようやく解放された頃には、ぐったりと身体から力が抜けて台の上に横たわっていた。

「ふっ、顔とろとろになってる。可愛い」

上気した頬を撫でられ、額に唇が落ちる。

「そろそろ俺も一緒に気持ちよくなっていい？」

「うん、一緒がいいの……」

ロンヴァイに上体を起こしてもらい、台の上に腰かけたロンヴァイの太腿にまたがる。

「挿《い》れるよ」

「あっ……あつい……！」

ロンヴァイの雄が蜜穴に呑《の》み込まれていく。散々蕩けさせられたそこは、一切の抵抗なく男根の全てを包み込んだ。

「痛がって必死に俺を受け入れてくれてたサリも可愛かったけど。こんなに蕩けさせて奥に誘ってくるサリもエロくて可愛い」

「あぁ、あっ、あっ！」

下腹部に埋まる大きな圧迫感が心地よくて、きゅうきゅうと締めつけてしまう。

蜜洞を堪能するようにゆっくりと腰を回され、ぞくぞくと気持ち良いものが全身を巡る。

「気持ちいい？」

「あんっ、きもちい、すごくきもちいいの……はぁうっ」

「サリ、今すげー可愛い顔してるの、自覚ある？」

かぁっと顔に熱が集中する。こんなはしたない顔、絶対に可愛いわけがない。これは自信を持って言える。

サリュマーナは強く目を引き結んで、首を横に振った。

「みないで、こんな変なかお……」

「目閉じないで。俺を見て」

「やだっ、やだぁ……！」

頑《かたく》なに嫌々と駄々をこねるものだから、ロンヴァイはサリュマーナの腰を持ち上げ、ずるっと肉棒を引き抜いた。

「目閉じるならしない。ちゃんと俺と視線を合わせるんだ」

「やっ、やぁ……」

うるっと涙が迫り上がってくる。お腹の圧迫感がなくなって、もどかしくて切なくて、ロンヴァイに愛してほしくてたまらない。

サリュマーナはゆっくりと目を開けて、大好きな炎の瞳をじっと見つめた。

唇同士が軽く触れ合って、胸の内側から沸騰するように熱いものが湧き上がってくる。

「あいしてる、ろんさま」

少しも離れたくなくて、もっと深いところに行きたくて。肉棒に手を添えて、自らの内側に誘い挿れた。

「サリ……！」

「すきっ、だいすき、ろんさまもっとしてほしいのっ！」

最奥まで呑み込んだ灼熱《しゃくねつ》を、腰を前後に揺らして締めつける。

「あぁ、たくさんしてやる。だから絶対目閉じるなよ。閉じたらやめるからな」

「あっ、あぁ、あんっ！」

「サリの感じてる顔、すげー可愛い……」

下から怒張を突き上げられて、子宮口に当たる。蜜壁を凶大な肉棒で擦り上げられ、奥を虐《いじ》められて。気持ち良すぎてわけがわからなくなる。

「あぁあ！　イっちゃうぅっ！」

とんでもなく高い頂天に登り、見つめていた橙《だいだい》色の光が真っ白になってしまって、思わず目を瞑《つむ》ってしまった。

「あっ、あ……」

ビクビクと震える蜜穴からずるりと肉棒が引き抜かれ、台の上に押し倒された。

左耳朶《みみたぶ》についている耳環ごとガリッと噛まれる。

「俺の目見ろって言ったろ？」

「ぁ……う……」

「次はちゃんとできるな？」

「うん、うん……」

有無を言わさない、低くて力強い声に逆らえない。何度も首肯する。

身体を起こしたロンヴァイの瞳を見つめながら、両手の指を絡めてしっかりと握った。

再び灼熱が入ってくる。何度受け入れても、窮屈な蜜壁を掻《か》き分けて拓《ひら》かれていく感覚が気持ち良い。

「はぁうぅ……」

「サリ、どこをしてほしい？　入り口の浅いところ？　少し奥にいったところ？　それとも一番奥？」

「あ、そん、な……」

「言わないなら、全部するからな」

そう言ってロンヴァイは激しく腰を動かし始めた。

サリュマーナの甲高《かんだか》い嬌声《きょうせい》と、肌がぶつかり合う卑猥《ひわい》な音が湯殿の中に響き渡る。

「あぁっ！　そこ、やぁ……きもちいっ！　イっちゃう、すぐイっちゃうの……！」

「知ってるよ。ほら、もっと悦《よ》くしてやるから」

「あぁ……ろんっ、ろんすき、やぁ……あぁっ、あっ、あぁあ――……」

絶頂が近づいてくると「俺の目を見ながらイけ」と言われて、ぽろぽろと涙を溢しながら達して。精悍《せいかん》で力強い眼光に見つめられて、いつもより余計に感じてしまった身体は何度も快楽に呑み込まれた。

「はぁ……可愛すぎて。ずっと見ていられるな」

「あっ……きす……っ、ろんさま、きすしたい……！」

「駄目。サリの顔がちゃんと見えなくなる。あとでいっぱいしてあげるから、今は我慢して」

「やぁ、がまん、いやっ！　きす、きすしたいの……あぁっ……きすして、おねがいぃ！」

「よだれ垂らして、やらしい顔して……エロいな」

顔を隠したいのに、手は捕まえられてしまって、目は閉ざすことを許されない。

涙も汗も涎《よだれ》も拭うことすらできなくて、もう穴に埋まりたいくらい恥ずかしい。

「も、みな、いで……っ、ぁん、またっ、あっ、あぁあ――っ！」

「サリの幸せでたまらないって顔、最高に可愛いっ……！」

ロンヴァイの端正な顔が快楽に歪《ゆが》む。玉になった汗を滴らせながら、耐えられないと欲望を解放した。

「あぁあぁ――……！」

世界一強くて世界一優しくて、世界中の誰よりも愛《いと》おしい太陽の色を見つめながら、サリュマーナは快楽の頂に登りつめた。

＊＊＊

穏やかな時間はあっという間に過ぎ、ギュアロス国との友好記念祝賀会の日がやってきた。

ユンフィーアの手腕によりセミオーダーしたドレスは、太陽のような色鮮やかな橙色だ。裾広がりのシルエットはシンプルながらも、花を背負ったように銀糸で刺繍《ししゅう》が施されていて華やかだ。

どちらかというと幼く見られがちなサリュマーナは、装飾が多すぎないほうがむしろ年相応の貴族夫人として相応《ふさわ》しいというユンフィーアの助言に倣《なら》い、選んだドレスだ。流行やファッションに疎《うと》いので、ユンフィーアの美的センスに絶対的な信頼を置いている。

宝飾商に頼んで作ってもらったシュリの首輪には、サリュマーナの瞳と同じ青緑色のトルマリンが輝いている。シュリ本人が選び、気に入った宝石だ。

ふわふわの白い毛並みによく映えて、とても可愛らしい。

今夜は多くの貴族が集まる夜会なので、シュリはサリュマーナではなくロンヴァイの上着のポケットで眠っている。

ビトラ国全土から招待された貴族が、続々と大広間に集まる。ギュアロス国からも国賓として、多くの貴族がわざわざ隣国まで足を運んでいるようだ。

「わ、私、王城で開催される夜会に参加するの、初めてなんです……浮いてませんか？　大丈夫でしょうか」

「サリはこの会場にいる誰よりも綺麗だ」

「それは言いすぎです」

シャンデリアの瞬《またた》くような輝き、高級品を身にまとう貴族の集まりに、チカチカして眩暈《めまい》がしそうだ。

男爵位を持つロンヴァイとその妻サリュマーナは早い時間に会場入りし、爵位順に貴族の入場を見守る。

社交界の華として有名な貴族令嬢の美貌に圧倒されたり、ゴシップ誌を常に賑《にぎ》わせている貴公子の立ち振る舞いに驚かされたり。そこにはサリュマーナの知らない世界が広がっていた。

「これが王城の夜会パーティーなのですね……！」

「サリ大丈夫か？」

「はい、なんとか」

祝賀会開始時間間際に、ホーバードとユンフィーアも会場入りした。若草色の絹のドレスを身にまとったユンフィーアは、相変わらず女神のように神々《こうごう》しい。体を寄せ微笑み合う二人は、まるで絵画のように様になっている。

「ギュアロス国、ネイトフォード・ギュアロス王太子殿下と婚約者ベルナ・レグアーガ公爵令嬢のご入場です」

「え」

入場をアテンドする侍従の声を聞いて、思わず驚きの声が漏れた。

煌《きら》びやかで豪奢な夜会服に身を包み、ベルナを紳士的にエスコートするネイトフォードの姿は堂々たるもので、王族らしい威厳と気品に満ち溢れていた。

——ネイト様って、王太子殿下だったの……！

高位貴族だろうと思っていたが、まさかその頂点たる王族だとは思ってもみなかった。

今までの気安いやり取りを思い出して顔が青ざめる。いくら本人が許したとはいえ、弟に接するように色々と口出しをした記憶が走馬灯のように蘇《よみがえ》った。

「ネイト様、王太子殿下だったなんて……私不敬罪で罰せられませんか……」

「まぁ……今のところそのような知らせは受けていないから、おそらく不問じゃないか？　ギュアロス国はビトラ国ほど階級社会ではないからな」

ネイトフォードの高貴な身分に恐れ慄《おのの》いているサリュマーナに比べ、ロンヴァイは平然としていた。

やはり、夜会慣れの違いだろうか。

両国の王族が会場に揃《そろ》い、いよいよ二国間の友好記念祝賀会が始まった。管弦楽団の華々しい演奏に合わせて、ビトラ国のウォルベイヤ国王陛下が壇上に立つ。

先週に謁見の間で見せた少年のような笑顔はなく、一国の王たる威厳を放っている。

国王陛下は静まり返る会場に向かって、淡々と話し始めた。

今後魔獣は次第に数を減らし、近い将来完全に消滅すること。

従来は魔獣の核から魔力を得ていたが、別の方法で魔力を得ることに成功したこと。

それによりギュアロス国と同様に、魔法使いを増やしていくことを高らかに宣言した。

もちろん、会場は騒然となった。今までと生活が大きく変化することへの不安から、疑心暗鬼の声があがる。

「皆の猜疑心《さいぎ》は尤《もっと》もだ。でも――私たちを信じて、ついてきてほしい」

ウォルベイヤ国王陛下の力強く自信に満ち溢れた声に、弱音を吐いていた貴族たちは口をつぐんだ。

「魔獣の脅威がなくなり、これからビトラ国はもっともっと成長する。我らと共に大きくなろう。そして隣国ギュアロス国とは新たに友好条約を締結し、より強固な関係性になることをここに宣言する！」

わあっと大きな歓声があがる。先程まで疑心の目を向けていた貴族たちも、大きな拍手を送っていた。

――罪のない動物たちが魔獣に変貌することもなく、魔獣と人が命を奪い合うことのない平和な世界。そしていつか再び竜と人が手を取り合う穏やかな世界になれることを、ただただ祈るばかりだ。

そして、その功績者としてホーバードとロンヴァイの名が呼ばれ、国王陛下の御前で跪《ひざまず》く。

ホーバードは新たに新設される魔法騎士団の団長に任命され、ロンヴァイは新たにルヒェラという姓を賜り伯爵位を陞爵《しょうしゃく》された。

国王陛下手ずから紋章を左胸に授ける。

「ロンヴァイ、よくやってくれた。竜については混乱が落ち着き、人々に竜への耐性をつけてから段階的に公表するつもりだ。同じく聖獣もな。それまでは契約痕も秘匿するように」

「承知しました。今後も王家への忠誠を誓います」

「ありがとう。期待している」

国王陛下と固い握手を交わすと、ロンヴァイの契約痕がわずかに光った。おそらく、水竜はこのウォルベイヤ国王陛下の対応に納得しているとの意だろう。

宣布が終わり、ギュアロス国との友好を記念したパーティーが始まる。管弦楽団の素晴らしい演奏に合わせて、皆ダンスを踊り始めた。

「あまりダンスは得意ではないのだが……俺と踊ってくれるだろうか」

「私も得意ではありませんが、是非お願いします」

こういった社交場でロンヴァイとダンスを踊るのは初めてだ。

大勢の人がいる中では緊張感があるものの、ロンヴァイを見つめていると二人きりの世界になったみたいで、自然と表情が緩んで幸福感に包まれていった。

ダンスを終え、グラスを片手に談笑していると、此度の功労者であるロンヴァイに近づこうと様子を窺《うかが》う貴族たちにジリジリと囲まれた。しかしロンヴァイの持つ人を寄せつけない冷徹な雰囲気と、無愛想な表情もあり、結局声をかけてくる者はいなかった。

一方ホーバードとユンフィーアは多くの貴族に完全包囲されていて姿を確認することもできない。普段からよく社交をこなしている二人は知人友人も多いのだろう。美男美女はどこへ行っても人気者だ。

「ロンヴァイはこんなときですらも表情を繕わないんだな。全身の筋肉を鍛えるよりも、表情筋を鍛えたほうがいいんじゃないか？」

「ネイト様とベルナ様！　ご無沙汰しております」

マナーに倣い、腰を折って挨拶をする。豪奢な衣服に、ギュアロス国特有の装飾具で着飾ったネイトフォードとベルナは、異国の人形のようにお似合いだ。

「表情筋は生きるうえで必要のないものですので」

「まぁロンヴァイらしいな」

ははっと豪快に笑うネイトフォードは、最後に森で別れたときよりも溌剌《はつらつ》としていた。長年にわたる竜との確執に終止符を打ち、新たに前を向くギュアロス国民の頼もしさを感じた。

「ロンヴァイ様もサリュマーナ様も、皆さまご無事で何よりでした。ネイトフォード様を支え、お守りいただいて……私からも感謝の意を伝えさせてくださいませ」

「そんな、私たちは当然のことをしたまでですので、どうか頭を上げてください……っ」

深く腰を折ろうとするベルナを押し留《とど》める。

「それに、ギュアロス国でベルナ様にご指導いただいたことが、今回の任務の成功に繋がったのです。ベルナ様も功労者の一人ですよ」

「そんなことありません。私は弱虫で何もできないので……でもこれからは私なりにネイトフォード様をお支えしていきたいと思っております」

以前はネイトフォードの婚約者であることを身分不相応だと謙遜していたが、今回の件でその意識を改めた様子だった。

ネイトフォードに視線を向けると、夜会服の袖から左手首に鮮やかな魔法痕が刻まれているのが見えた。森の中ではなかったので、おそらく帰還してから授かったものなのだろう。

二人の関係が良い方向へ向かっていることを確信して、サリュマーナは嬉しくなった。

「まあっ！」

起床したシュリがロンヴァイのポケットから顔を出す。

その存在に真っ先に気がついたベルナが黄色い声をあげた。

「これがあの噂《うわさ》の聖獣様なのですね！　可愛いぃぃーっ！」

「でしょう？　とってもふわふわで愛くるしいんです！」

聖獣の存在も竜と同じく公表していない。周囲にバレないように身を寄せ、コソコソと会話する。

「ミュ？」

「シュリ、こちらはベルナ様よ。ネイト様の婚約者なの。悪戯《いたずら》しては駄目よ」

飛び出そうとするシュリを、ロンヴァイがむんずと掴んだ。

「サリ、まずい。会場はシャンデリア、貴金属類だらけだ。シュリが暴走する前に場所を移そう」

「そうですね。ではネイト様、ベルナ様もまた後日ゆっくりお茶でも……」

「ミュッ！」

「あっ、こら……──！」

天井に煌めくシャンデリアに向かって、勢いよく飛び出していったシュリをロンヴァイが追いかける。空中で白い体を掴むと、そのまま一回転してダンススペースに着地した。

すぐさまシュリをポケットに突っ込み、魔法で閉じ込める。

突然上から人が降ってきて、驚く貴公子たちの目を誤魔化《ごまか》すように人ごみの中に紛れ込む。

ロンヴァイはサリュマーナの手を引き、会場から抜け出した。

流石、抜群の運動神経を誇るロンヴァイである。瞬きする間の出来事だった。おそらくシュリの存在を認知できた人はいないだろう。

「ロン様助かりました……！」

「はぁ、これから白綿に振り回されるかと思うと気が重いな」

「ふふっ。一緒に振り回されましょう、これからもずっと」

「サリとなら、それもいいか」

二人は人目につかないように、王城の奥へと進んでいった。

# 書き下ろし　愛《いと》おしい妻には敵《かな》わない

王城では、今日も多くの人たちが忙《せわ》しなく働いている。足早に通り過ぎる城勤めの人々とすれ違いながら、ロンヴァイは白い息をついた。

年末特有の慌ただしい空気感は、どこか気持ちをはやらせてしまう気がする。

――さっさと仕事を終わらせてサリに会いたいな。新年の祝賀会が終われば、少しは休みが取れるだろうか。

ロンヴァイは愛《いと》しい妻の姿を思い浮かべて、気分を切り替える。

騎士団本部の執務室に入った。

「あぁ、やっと来た。ロン、今日の仕事だよ」

ホーバードに促されて机に視線を向ける。山のように積まれた書類を見て、思わず眉間に皺《しわ》を寄せた。

これからこの入団希望者の経歴書、全てに目を通さなければならないと思うと、気が遠くなりそうだ。

「二人だけで魔法騎士を選定しろだなんて、宰相も魔導士長も無茶言うよ……」

同じく遠い目をしたホーバードが、書類を数枚めくる。

新設された魔法騎士団の団長に任命されたホーバードは、真新しい騎士服に身を包んでいる。藍色を基調とした騎士服は、黒騎士団のものよりやたら装飾が多く、ホーバードの華やかな顔立ちに似合っていた。

そしてロンヴァイも魔法騎士として、ホーバードの補佐に就くことになった。

少数精鋭の騎士団にするよう、国王陛下から指令を受けているが、流石《さすが》に団員が二人では心許《こころもと》ない。

新たに入団希望者を募ったところ、予想を上回る数の希望者があった。

「やっぱりほとんどが白騎士団からの異動希望だね」

「魔力の耐性があり、かつ身体能力の高い者となると、そうだろうな。魔力耐性は一般的に高位貴族になればなるほど高いと言われている。必然的に白騎士団からの引き抜きとなるだろう」

以前二人が所属していた黒騎士団は、ほとんどが平民出身者で構成されていた。一方、白騎士団は貴族出身者が多く所属する騎士団である。

魔法を操る少数精鋭の魔法騎士団は、設立早々に王都でも憧れの職として注目されている。異動を希望する者が多いのも、無理はない。

「魔力に耐性があるかどうかは、実際に本人に魔力をぶつけてみないとわからないからね。書類審査の段階では、武術の才があるかないかで線引きしよう」

「わかった」

ロンヴァイも覚悟を決めて席に着く。

こうしてホーバードと手分けをして書類仕事をこなすのは、見慣れた光景だ。黒騎士団の副団長として勤務していた頃から、書類を捌《さば》くのは二人の仕事だった。ギロック団長があまりにも脳筋で、事務仕事には全く役に立たなかったのだ。

「まさか団長に昇格してまでこんな雑務をしなければならないなんてね……。早く優秀な人材が欲しいところだよ」

「そうか、バードが団長……。〝バード団長〟と呼んだほうがいいのか……？」

「うげ。やめてよ。ロンにそう呼ばれると気持ち悪いんだけど」

ホーバードの綺麗《きれい》な顔が苦々しく歪《ゆが》む。

ビトラ国は上下関係が厳しい階級社会だ。一応上司となる手前、配慮したのだがホーバードは気にしていないようで、一蹴されてしまった。

「ロンは名目上、部下になるのかもしれないけど、僕の相方みたいなものだからね。今まで通りに接してよ」

「バードがいいならいいが……」

「さぁ、早く片づけよう。他にもやることはたくさんある」

年末が近いこともあり、いつにも増して仕事が多い。必ず夜には屋敷に帰ってサリュマーナに会いたいロンヴァイは、時計と睨《にら》めっこしながら作業を進めた。

「――もうこんな時間だ」

そう呟《つぶや》くと、ホーバードが何やら机の引き出しから魔道具を持ち出した。まだ書類は半分ほどしか目を通せていない。

「よかったらロンも聞くかい？」

「何をだ？」

騎士団の定例会議か何かかと思ったが、その魔道具から聞こえてくる声にハッと目を見開いた。

『新年の祝賀会のドレス、どうしようか悩んでいたので、ユンヒさんにお声をかけていただいて本当に助かりました！』

『どうせドレスを選ぶなら一人よりもみんなで選んだほうがいいもの。もうすぐデザイナーが到着するから、それまでお茶しましょう』

どうしてサリュマーナとユンフィーアの会話が魔道具から聞こえてくるのか。キッとホーバードに鋭い視線を送ると、いつもの胡散臭《うさんくさ》い微笑《ほほえ》みが返ってきた。

「僕がユンの全てを把握しないわけないでしょう？」

「……盗聴か」

「人聞き悪いなぁ。ユンに危険がないか、常に見張ってるんだよ」

さも当たり前のことのように、平然と書類に目を通していくホーバードは、やはり頭のネジが欠けている。

いくら妻とはいえ、人の会話を聞くのは罪悪感があった。

「どんな会話をしたかくらい、あとで本人から聞けばいいだろう。こんな魔道具を使ってまで盗み聞きしなくても……」

「ユンは特にサリーちゃんと話しているときに本音を漏らすからね。ほら、聞いてごらん。面白いよ」

友人との会話を盗み聞きされて、快く思う人はいない。

俺は遠慮する、と言おうと喉まで出かかったが、思わず呑《の》み込んでしまった。

『ロン様が魔法騎士となって、以前より……さらに遠慮がなくなったというか、配慮してくれなくなったといいますか……。ホーバード様もそうではないですか？』

『それって夜の夫婦関係のことよね？』

『あ……うぅ……そうです』

冷水を浴びせられたような衝撃が走る。まさかサリュマーナが自分との関係に悩んでいるなんて、微塵《みじん》も思っていなかった。

無意識に掴《つか》んでいた書類をぐしゃりと握りしめてしまう。

『魔法が使えなかったときとは、おそらく感覚が変わったのでしょうね。たとえ私たちが倒れたとしても、回復魔法をかければいいと思っているのよ。私たちはただの人間で、いくら魔法で体力を回復させたところで、心は疲弊しているというのに……！』

『やっぱり……！　ユンヒさんは同志だと思っていました！　だって旦那様があの、ホーバード様ですものね！』

「ははっ！　サリーちゃんひどいなぁー」

手を止めることなく書類を片づけながら、ホーバードが軽快に笑っている。妻からこんなふうに言われて、笑顔でいられるホーバードの神経は一体どうなっているのか。

『でもロンヴァイ様は意外だったわ。すごくサリーちゃんを大切にしていらっしゃるし……』

『大切にしてくださっているのは、私も重々わかっているんです。けれど何というか……ねちっこい、といいますか……』

「あはははは！　ねちっこいだって！　お腹痛《なか》い……！　くくっ……」

笑い声をあげる失礼極まりないホーバードだが、ショックが上回って怒る気も失せる。

まさかサリが俺との房事をそんな風に思っていただなんて――！

頭に矢を射られたような衝撃が走り、ショックで全身の血が冷たくなっていく。

確かに黒騎士団のときとは変わり、遠征に出ることがなくなって、仕事は基本的に王城にある騎士団本部に勤めることになった。

遠征中はサリュマーナに会うことすらできなかったが、今は毎日同じ寝台で眠っている。そうなると必然と夫婦の触れ合いも増えるわけで……。

ねちっこいと思われていただなんて、ショックだ……。

今振り返ってみると、確かにしつこかったかもしれない。便利な魔法が使えるようになって、感覚が変わってしまった自覚はあった。

けれどサリュマーナに拒絶されることもなかったし、嫌そうな顔もされなかったから、てっきり受け入れてくれているのだと思っていた。

サリュマーナは自分のことよりも他者を優先しがちな優しい女性だ。そのことをすっかり失念していた。

ロンヴァイが求めたら、サリュマーナはそれを拒否できないのだ。

俺はなんて愚かなんだ。愛する妻に、こんな悩みを抱《いだ》かせてしまうなんて……情けない。

ロンヴァイは固く決意した。しばらく禁欲すると。

「あー、まだお腹痛い………」

「人のこと笑っている場合か。バードもだろうが」

「僕は毎夜本人から言われているからね。言われ慣れちゃった」

笑いすぎて目尻に浮かんだ涙をハンカチで拭うホーバードを無視して、ロンヴァイは書類に向き合うことにした。

サリュマーナとユンフィーアの会話は、いつの間にか王都で流行《はや》りの菓子店の話題に変わっている。

筆圧が強くなりすぎて、滲《にじ》んでしまったサインを見ながら、ロンヴァイは額を押さえた。

＊＊＊

王城の廊下を足早に歩きながら、ロンヴァイは悶々《もんもん》と考え込んでいた。

サリュマーナの本心を知ってしまってからは、帰宅しても仕事が残っているとそれらしい理由をつけて、わざと就寝時間をずらしている。

起きているサリュマーナと寝台に横になると、どうしても触れたくなって欲が抑えられなくなってしまう。けれど、サリュマーナと離れたくない。

そんな相反する感情の妥協案として、寝るタイミングをずらすことにした。流石に無防備なサリュマーナを襲うような節操なしではない。

それに伯爵夫人となったサリュマーナは、以前よりも女主人としてこなさなければならない役目が増え、日中も休む間もなく働いていると、使用人から話を聞いた。そこでもロンヴァイは改めて自分の狭量さと鈍感さに落ち込んだ。

俺は自分のことばかりで、サリを思いやる余裕がなかった。本当に格好悪いな……。

けれど、世界で誰よりもサリュマーナを愛している自信はある。だから今度こそ、名誉挽回《ばんかい》したい。サリュマーナが心から喜ぶことをしてやりたいという思いが湧き起こった。

女性が喜ぶものといえば……やはり贈り物だろうか。

ちょうどもうすぐ新年を迎える。毎年王城で開催される新年の祝賀会は華やかで、年をまたぐときには盛大な花火が打ち上がる。そのときにサリュマーナに贈り物を渡せば、きっと喜んでくれるに違いない。

ロンヴァイは失態を取り戻すために、必死に策を練っていた。

目的地に着き、扉を叩《たた》く。

了承を得て入室すると、相変わらず煌々《きらきら》しい装飾具を身につけたネイトフォードとベルナの姿があった。

「久しいな、ロンヴァイ。元気にしていたか?」

「ご無沙汰しております。お二人もお変わりないようで。本日はお忙しいなか、時間をくださり感謝します」

「まぁ、立ち話もなんですから、座りましょう」

促されるままソファーに腰掛け、紅茶を一口飲む。

「ホーバードは一緒じゃないのか？」

「団長会議が長引いているようです。もう少しかかるかと。そうお待たせはしないはずです」

「魔法騎士団長様は多忙ですね」

今回ビトラ国に滞在中のネイトフォードたちの元を訪れたのは、新たに魔法騎士を選定するための着眼点を教示してもらうためだ。

ビトラ国はまだまだ魔法に関する知識が乏しい。魔法騎士団の人員を構成するにあたって助言をもらうため、忙しい二人にわざわざ時間を作ってもらったのだ。

「サリュマーナ様はお元気でしょうか。今度、是非ギュアロスにも遊びに来てくださいとお伝えくださいませ」

「はい。伝えておきます。……あの、お二人に一つ伺っても？」

「どうした？　何かあったのか？」

ロンヴァイはここに来るまで考え込んでいたことを、二人に相談することにした。

「もうすぐ開催される新年の祝賀会で、サリに贈り物をしたいと考えています。女性の好みはさっぱりわからないので、お二人の意見をお伺いできたらと」

「まぁ、素敵ですわ！」

ベルナの表情がパッと華やぐ。やはり女性が恋愛話を好むのは、万国共通のようだ。

「そんなの簡単だよ。夜空が綺麗に見える場所か、夕暮れが美しく見える場所で、国一番の高価な宝飾品をつけてやる、その一択でしょ」

「そういえばネイト様は単純な方でしたね……」

巷《ちまた》で人気の小説にありそうな展開を提案されて、思わず本音が漏れた。

「ロンヴァイ、単純ってどういうこと？」

「あー、真っ直ぐという意味です」

しれっと視線を逸《そ》らし、お茶を濁す。

「ベルナ様はどうですか？」

話を切り替えるように、ベルナに視線を向けた。

「うーん、女性への贈り物ですか……。結婚して一年以上経《た》ったご夫婦なら、媚薬《びやく》はいかがでしょう？」

「ごほっ、ごほ……んん」

まさか公爵令嬢であるベルナの口から出た言葉とは思えなくて、紅茶を吹き出しそうになる。

ピシリと固まってしまった空気に気づくことなく、ベルナが流暢《りゅうちょう》に話し続ける。

「既婚の友人は、互いに贈りあってマンネリ化しないようにしていると話しておりましたわ。ギュアロス国産のものは質も良く、種類も豊富です。香油もあれば、錠剤もあるそうで、お好みのものを選べますよ。よろしければ取り寄せてお送りしましょうか！」

「ちょっ……ベル、ここはビトラ国だ。ギュアロスとは違って性に対する意識が違うんだよ……」

「ん？」

ネイトフォードが慌ててベルナの口を塞ぐ。一方ベルナはキョトンと呆《ほう》けていて、自身のずれた発言に気づいていない。

性に奔放なギュアロス国では、婚前交渉が推奨されているほど、体の相性を重視する。清廉貞淑を美徳とするビトラ国とは、正反対なのだ。

「媚薬は……ちょっと、やめておきます」

ロンヴァイは丁重に遠慮しておいた。

相談する相手を間違えたな……と頭を抱えていると、会議を終えたホーバードと合流したのだった。

＊＊＊

すっかり帰宅が遅くなってしまった。サリュマーナと生活時間を意図的にずらしていることもあるが、年末はどうしても仕事に忙殺されてしまう。

規則正しい生活を送るサリュマーナは、とっくに眠っている時間だ。

食事と湯を済ませ、夫婦の寝室に入る。

月明かりに照らされている籠の中には、白い綿のような生き物——癒しの聖獣シュリがスヤスヤと眠っている。その籠の周囲には、色鮮やかな水晶が飾られていた。

「白綿《しろわた》は好みが単純でいいよな……」

シュリのようにキラキラと光るものが好きという、わかりやすい嗜好《しこう》をしていたら、贈り物でこんなに悩むことはないのに。

呑気《のんき》に眠っているシュリの頬を指で撫《な》でると、「ミュウ……」と柔らかく鳴いた。

ガウンを脱ぎ、サリュマーナを起こさないようにそっと寝台に入る。

愛おしい妻の寝顔を見ながら眠りにつこうと、体を横に向ける。

するとサリュマーナはロンヴァイの枕を抱きしめながら、気持ちよさそうに寝息を立てていた。

――なんだこの可愛《かわい》いひとは！　可愛すぎる！　これは反則……！

愛らしい妻の姿に身悶《みもだ》える。

サリュマーナの寝相はいいほうだ。だから寝ぼけて枕を間違えたわけではないだろう。

おそらくだが、すれ違ってなかなか会えないロンヴァイを恋しく思った故の行動だと思われた。

今すぐ枕をどけて、寝込みを襲ってしまいたい衝動に駆られる。しかし「ねちっこい」と言われたことを思い出した。

落ち着け、俺は獣じゃない。人間だ。理性がある……と自分自身に言い聞かせながら、静かに掛布を被る。

サリュマーナの幸せそうな寝顔を見ていると、むくむくと愛おしさが込み上げてきた。

抱きしめるだけなら、いいだろうか……？

どうしてもサリュマーナに触れたくなって、真っ直ぐで艶《つや》やかな金髪を掬《すく》い、口づけた。石鹸《せっけん》の爽やかな香りがする。

「んー……？」

身じろぎしたサリュマーナの目が薄く開かれ、青緑色の光が見えた。

「ろんさま、おかえりなさい……」

夢と現実の間を揺蕩《たゆた》っている、サリュマーナの舌足らずな声が可愛くてたまらない。

枕をどけると体を捩《よじ》らせて、ロンヴァイに身を寄せてくる。

「ごめん、起こして。寝てていいから」

「ん。ろんさまのにおい……すき……」

胸に顔を押しつけてきたかと思うと、スンスンと匂いを嗅がれて全身が熱を持つ。

「サリ……ッ」

「あったかい……きもちい……」

体が密着して、サリュマーナの柔らかい部分が当たる。下半身が勝手に反応してしまう。

——あああぁ、触れたい、でも嫌われたくない……！　駄目だ、禁欲すると決めたのだから、耐えろ俺！

サリュマーナを求めて暴走しそうな身体《からだ》を落ち着かせるため、ロンヴァイは手の甲を思いきりつねった。

そんなロンヴァイの葛藤《かっとう》を知る由もないサリュマーナは、すぐに夢の世界へ戻ってしまう。

心地よさそうに目を瞑《つぶ》り、全身から力が抜けていくサリュマーナを見て、ロンヴァイも脱力した。

「はぁー……」

情欲を制御できる魔法があればいいのに……と、らしくないことを考えてしまった。

◆◆◆

パチッと目が覚めた。いつもと同じ時間に起床したサリュマーナは、抱きしめていた枕を離し、周囲を見渡した。

「あれ、ロン様を抱きしめて眠っていたと思ったのに……。あれは夢だったのかしら」

ロンヴァイの厚い胸板に顔を埋めながら髪を撫でられて、とても幸せな時間だった。しかしそれが果たして現実なのか、そうでないのかはよく覚えていない。

隣のシーツは既に冷たくなっている。ロンヴァイは今朝も早朝から仕事に出てしまったのだろう。

新設されたばかりの魔法騎士団に配属になったロンヴァイは、多忙を極めている。年末という時期も重なって、最近では屋敷に寝に帰ってきているだけという状況だった。

「ロン様と最後にちゃんと会話をしたのは、いつだったかしら……」

夫とすれ違いの生活が続き、サリュマーナは恋しさが募っていた。

「ミュウ」

「シュリ、おはよう。昨晩もロン様に会えなかったわ」

ふわふわと浮遊するシュリの頭を撫でながら、寂しさを吐露する。

「シュリもロン様と遊びたいよね。私もぎゅって抱きしめてほしいな……」

「ミュー、ミュ？」

「会いにいくのは仕事の邪魔になってしまうから駄目よ。それに私もやらなければならないことが山積みなの。先にやるべきことを終わらせなくちゃね」

しょげそうになる弱い心を奮い立たせる。ロンヴァイも一生懸命仕事に励んでいるのだ。自分だけ怠けているわけにはいかない。

サリュマーナは頬を両手でパチンと叩いて、気合いを入れなおした。

◆◆◆

ロンヴァイは非効率なことが嫌いだ。

贈り物を選定するにあたって、王都の店を手当たり次第に見て回るのは効率的でないし、それをしたところで良い品と巡りあえる気もしない。かといってじっとしていても、良い案は浮かばない。

ロンヴァイは久々に訓練場へ赴き、基礎トレーニングから始めた。

昨夜サリュマーナに抱きつかれながら夜を明かしたロンヴァイは、目の下に濃いクマができていた。なんとか自制心を保つことができたけれど、自分の精神力の甘さをひしひしと痛感したのだ。

——どうして俺はサリのことになると、抑えが利かなくなるんだろう。

魔力のせいなのか、魔法痕のせいなのか、はたまた恋情のせいなのだろうか。

妻を世界一大切にしたいのに、世界一めちゃくちゃにしてしまいたくなる。この矛盾した厄介な感情を、どう扱ったらいいのか未《いま》だに正解がわからない。

無心で体を動かして汗を流すと、頭の中までスッキリとしてきた。

とりあえず、まずは早く贈り物を用意しなければ。

新年の祝賀会まで、あまり時間の猶予はない。

常識があってサリのことをよく知っている……やはりあの人に聞いてみるのが間違いないだろう。

ロンヴァイは一縷《いちる》の望みをかけて、面会希望の手紙を出すことにした。


早めに仕事を切り上げたロンヴァイは、王城からほど近い豪奢《ごうしゃ》な貴族屋敷へとやってきた。王都にあるとは思えないほど広い庭園に、何棟も建物が建ち並ぶ立派な邸宅だ。

ガラス張りになっている温室に案内される。季節外れの色鮮やかな草花が咲き誇る空間に、女神のような気品のある女性が佇《たたず》んでいた。

「ユンフィーア様、お客様をお連れいたしました」

「ありがとう。レントラルはお茶を用意してくれるかしら」

「御意」

案内してくれた従者が、ワゴンから茶器を取り出した。

ロンヴァイは貴族のマナーに則《のっと》り、胸に手を当て会釈する。

「ロンヴァイ様、突然のお手紙驚きましたわ」

「すみません、お忙しいときに」

「サリーちゃんのことですもの、大歓迎ですわ」

従者が茶を注ぐ様子を横目に見ながら、ロンヴァイは手短に用件を伝えた。

「女性への贈り物で悩んでいるロンヴァイ様は、なんだかとっても新鮮ですね」

「こういうのはどうも苦手で……」

ロンヴァイが眉を下げる。その様子を微笑ましそうに見つめるユンフィーアは、どこか嬉《うれ》しそうだった。

「サリーちゃんは宝石やドレスを贈ってもあまり喜ばないでしょうから、他に良い品となると……確かに悩みますわね」

「そうなんです」

サリュマーナは一般的な貴族女性とは異なり、高価なものを望まない。屋敷や爵位すらも要らないと言ってしまうような、無欲な女性なのだ。

だからこそ、サリュマーナが心から喜んでくれる贈り物を選ぶことがとても難しい。

「サリーちゃんはきっとロンヴァイ様が一生懸命選んでくださったものなら、なんでも喜ぶとは思いますが……」

ユンフィーアはうーんと顎に手を当て、思考を巡らす。

すると何か思いついたのか、ユンフィーアは後ろに控えている従者に声をかけた。

「そうだわ……。レントラル、ミュラン公爵家で開発中の魔道具で、最近完成した物があると言っていなかったかしら？」

「はい。試作品が完成して、年始から流通を始める魔道具がいくつかございます」

「その中で女性への贈り物に適切なものはあるかしら？」

魔道具の開発に、ユンフィーアは携わっていないようだ。まだ世に出回っていない魔道具なら、何か良い品があるかもしれないと考えたのだろう。

「魔道具の性能につきましては、ホーバード様からユンフィーア様にはお伝えしないようにと言いつけられております」

「もう、どうせいつもの意地悪なんだから……。そうね。バード様へは私から事情を説明して、レントラルに咎《とが》がないようにするわ。だから魔道具について教えて頂戴」

どうして公爵家で進めている事業を夫人であるユンフィーアに隠しているのか、その意図が全く理解できない。けれどホーバードならやりそうだなとも思う。

ホーバードとユンフィーアの夫婦関係は、いつ見ても不思議である。だが本人たちがいいのなら外野はとやかく言う問題ではないので、ロンヴァイは深く考えないようにしている。

レントラルと呼ばれている従者が表情を変えないまま、淡々と説明してくれた。

「……わかりました。完成した魔道具はいくつかありますが、女性への贈り物でしたら、映写の魔道具がよろしいかと思います。魔道具に記録した情景を、いつでも好きなときに見返せるものです」

「まぁ！　素敵じゃない！　画家に絵を描かせなくても、ずっと手元に残せるのね」

確かに、今を記録できる魔道具とは画期的なアイテムだ。

「これは、サリが喜びそうですね！」

大切な人との記憶を、思い出を残せるのだ。サリュマーナが満面の笑みで大喜びする様子が、容易に想像できる。これだ、とロンヴァイは確信した。

「この映写の魔道具を俺に譲っていただけますか？」

「なんとかして私が手配しておきます。是非この魔道具をサリーちゃんに贈ってあげてください。絶対に喜んでくれますわ！　もちろん、しっかりと代金はいただきますが」

「当然です。ありがとうございます。助かりました」

「お役に立てて何よりですわ」

やはりサリュマーナの親友の見立ては間違いない。無事に贈り物が決まって安堵《あんど》したロンヴァイは、香り高い紅茶に舌鼓《したつづみ》を打った。

◆◆◆

夜も更《ふ》けた頃、ホーバードはミュラン公爵邸へ帰宅した。魔法騎士団長に就任してからは休みなく働いており、屋敷で過ごす夜が唯一の癒しの時間だ。

「お帰りなさいませ、ホーバード様」

「あぁ。今日のユンの様子は？」

「私の口から説明する必要はないでしょう。ユンフィーア様の衣服全てに、盗聴の魔道具を縫いつけてあるのですから」

ホーバードが脱いだ外套《がいとう》や上着をテキパキと片づけながら、レントラルが抑揚のない冷めた声で言う。

「僕が聞き逃したこともあるかもしれないからね。念には念を、だよ」

「そのようなこと、今まで一度もありませんでしたが。ご自身のユンフィーア様に対する、異様なまでの執着心をそろそろ自覚されては？」

「執着心なんて酷《ひど》い言い草だなぁ。まっさらな純愛なのに」

レントラルの手を借りながら、手短に湯で体を清め、就寝の準備を進める。

「ユンフィーア様が寝室でお待ちです」

「ふふ。そのために早く仕事を切り上げてきたんだ。楽しみだなぁ、ユンのお願いごと」

頭を下げるレントラルに休むように言いつけて、ユンフィーアが待つ二人の寝室へ向かう。

扉を開けると、寝衣にガウン姿のユンフィーアがソファーに座り、本を読んでいた。

サイドテーブルの明かりに照らされるユンフィーアは儚《はかな》げで、この世の人間とは思えないほど美しい。

「ユン、ただいま」

「お帰りなさいませ」

ユンフィーアと密着して隣に座り、肩に腕を回す。ふわりと甘い花の香りがした。

ユンフィーアは本を閉じて机に置くと、真っ直ぐに顔を向けてくる。

「バード様にお願いがあって、帰りをお待ちしておりました」

「ん？　お願い？」

内容は全て盗聴の魔道具で把握しているが、悟られないように知らないフリをする。

「まず始めに、レントラルに非はありませんので、咎めないでください」

「わかったよ」

ユンフィーアの話を聞きながら、滑らかな白銀髪を掬い、口元に当てる。ユンフィーアは髪の毛一本からも魅惑的で芳《かんば》しい香りがするのだ。隣にいて、触れずにはいられない。

「バード様が手掛けている魔道具の開発なのですが、映写の魔道具というものがあると聞きました。完成品を一つ、ロンヴァイ様にお譲りしたいのです。サリーちゃんへ贈りたいそうで」

「へぇ、映写の魔道具か。確かにサリーちゃんが喜びそうな品だ」

「その、いいでしょうか……？」

金色の綺麗な瞳が、真っ直ぐに見つめてくる。ホーバードに可否を訊《たず》ねる甘えた眼が、あまりにも可愛くて欲が増してくる。

「うーん、そんなお願いのしかたじゃ足りないなぁ。もっと僕の心を揺さぶってくれないと」

ユンフィーアの艶やかな長い髪を掻《か》き上げて、横に流す。露《あら》わになった首筋を指でなぞってやると、小さな手がそれを制止した。

「バード様ならきっとそう仰《おっしゃ》ると思っていました。だから私と勝負しませんか？」

「……へぇ」

にたり、と思わず口角が上がる。

ユンフィーアの突拍子もない行動に振り回されるのは嫌いではない。むしろ大歓迎だ。

「勝負って？」

「料理長に二つ菓子を作ってもらいました。一つは普通のチョコレート、もう片方には微量の痺《しび》れ薬を混ぜてあります。バード様が痺れ薬入りのチョコを食べたら、問答無用で魔道具を譲ってください」

「じゃあユンが負けたら、僕のお願いを聞いてくれるんだね？　いやも、駄目も言わせないよ？」

「……っ！　わ、わかりましたわ……」

掌《てのひら》を握りしめて小さく震える様子は、まるで怯《おび》えた仔猫《こねこ》のようで可愛い。

勝率は二分の一。その可能性に賭けて、わざわざ菓子を用意させたのだ。

勝負でもしなければ、きっと朝まで抱き潰されると思っていたのだろうか――もちろんそうするつもりではあったけれど。

「チョコは僕が選んでいいんだね？」

「はい。痺れ薬の解毒剤はこちらに用意してあるので、ご心配は要りませんわ」

ユンフィーアはテーブルに小瓶を置くと、茶色い菓子が二つのった皿を持ち上げた。

丸く成形されたチョコレートは、見た目ではどちらも全く同じものに見える。

「じゃあ、僕はこれにするよ」

「では私はこちらを」

顔を見合わせて、同時に口の中に菓子を入れる。カカオの上質な香りが抜けると、舌がピリピリと痺れてくる感覚があった。

「ん、美味《おい》しい……。ふふっ、私の勝ちですね！」

「はっ、負け、た……」

嬉しそうに目を細めて笑うユンフィーアが、憎らしいほど愛おしい。

——ユンにしてやられたなぁ。いつものようにお願いごとをダシにして、色々と意地悪したかったのに。

口の中だけだった痺れが、すぐに全身に回る。しかし幼い頃から毒に慣れさせられていたホーバードは、ピリピリとするだけで体を動かせないほどではない。

「ではちゃんと約束は守ってくださいね。はい、解毒剤です」

「ん……」

薬瓶の蓋を開けて、ユンフィーアが口元まで運んでくれるが、わざと唇を閉ざす。

「口も痺れて開けられませんか？」

「う………」

大袈裟《おおげさ》に苦しそうな演技をすると、ユンフィーアが慌てて顔を覗《のぞ》き込んでくる。

「大丈夫ですかっ！　うそ、少ししか入れてないはずなのに……どうしよう……！」

快楽に溺れて涙するユンも可愛いけど、心配して涙目になるユンも可愛いなぁ……と心の内で思いながら、あたふたするユンフィーアの一挙手一投足を観察する。

迷った挙句、口移しで飲ませることにしたようでユンフィーアは解毒剤を口に含んだ。赤く熟れた美味しそうな唇が、自身のそれに重なる。

「んんう……」

どんな状況であろうと、ユンフィーアの舌を受け入れない理由はない。解毒剤を飲み込み、ユンフィーアの舌をぢゅううう、と思いきり吸い上げた。

「んううう?!」

逃げようとする後頭部を押さえつけ、そのままソファーに押し倒す。

「し、痺れて動けないのでは!?」

「うん、まだ痺れて動けそうにないなぁ」

「なっ、んんん――!」

逃げられない程度に自重を乗せながら、再び唇を奪う。

舌を絡め、唾液を流し込んでいると、すぐに解毒が効いて体の痛みは無くなった。けれど、心臓が握り潰されたみたいに、甘く苦しくなる。

――どうしてユンは僕の心を掴んで揺さぶって、離さないんだろうね。

ホーバードの意地悪を予測して、しっかりと対抗策を練ってくる賢くて強《したた》かなユンフィーアに、さらに深い執着心が芽生えてくる。

「はぁっ……ユンに毒を飲まされるの、意外とイイかも」

「へっ……」

にこりと微笑むと、ユンフィーアがいつものように顔を青ざめさせた。

どうやらホーバード自身も知らなかった変なスイッチを、ユンフィーアに押されてしまったらしい。

「ちょ……バード様落ち着いて？　一旦お水でも飲みましょう？」

「嫌。ユン以外のものを口に入れたくない」

「私は食べ物じゃありません……あっ、待って、どうして……勝負に勝ったのは私なのにぃ……」

涙を潤ませるユンフィーアの眦《まなじり》に唇を落とす。なんでユンフィーアの涙はこんなに甘くて美味しいのだろう。

薄い寝衣の上からしなやかな身体を弄《まさぐ》る。形や色、柔らかさや匂いまですべてを記憶していても、何度だって欲しくて汚したくてたまらなくなる。

「僕を興奮させるユンが悪いんだよ」

ドクンドクンと心臓が大きく脈動する。

毒によるせいか、歪んだ愛情のせいか――。

ホーバードは昂《たかぶ》った思いのまま、その魅惑的な女性を一晩中離さなかった。

◆◆◆

いよいよ今日は一年で最後の日である。

ロンヴァイはなんとか年内に片づけないといけない仕事を終わらせ、新年の祝賀会へ向けて準備を始めた。

王城で催される新年の祝賀会は、王都に住まう貴族たちが多く出席する歴史ある夜会だ。夜通し宴が続き、日付が変わるときに盛大な花火が打ち上がる。

やたらと装飾の多い夜会服に身を包み、無造作な髪をきちんと整える。普段は動きやすいラフな格好ばかりしているロンヴァイだが、こうした貴族紳士然とした衣服を身にまとっていると、高尚な重厚感が増して見える。

時間になり、玄関先でサリュマーナを待った。

「ロン様」

玄関広間の階段をゆっくりと降りてくる姿は、まるで天使のようだった。

ピンクがかったボルドーのドレスは貴族夫人らしい品位と可愛らしさを兼ね備えていて、サリュマーナにとても似合っていた。

「可愛い。すごく似合ってる」

「嬉しいです。ロン様も素敵です」

「ありがとう。白綿は俺が預かるよ」

サリュマーナの腕の中で眠っていたシュリを受け取り、胸ポケットへと忍ばせる。

流れるような所作で、サリュマーナの手を取り馬車へとエスコートした。

日はとっくに沈んでいるにもかかわらず、昼間のように明るい王城の大広間に入る。こうした煌《きら》びやかな場所にもようやく慣れてきたのか、サリュマーナも落ち着いていた。

「ロン様、向こうにコニーア侯爵夫人がいらっしゃいます。ご挨拶に伺わないと」

「コニーア侯爵夫妻か？」

「ルヒェラ領で採れる鋼は質が良いからと、よく買い取ってくださるのです」

「そういえばコニーア領は鍛冶屋が多かったな」

「侯爵夫人も気さくでとても素晴らしい方なんですよ」

そう言ってサリュマーナは朗らかに笑った。

ビトラ国最西端の小さな村から出てきて、一人前に社交をこなすようになり、サリュマーナの日々の努力が垣間見《かいまみ》えた。

他にも何人もお茶会で顔見知りになったという貴族と挨拶を交わす。ロンヴァイが仕事で家を空けている間も、サリュマーナはルヒェラ伯爵夫人としての役目を全うしていたのだ。

そうとも知らず、疲れているサリュマーナを朝まで抱き潰した記憶は一度や二度ではない。いくら魔法で体力を回復させていたとはいえ、大きな負担になっていたことだろう。

むしろ今まで愛想を尽かされて逃げられなかっただけ幸運だった。

ホーバードの、妻の全てを把握しておきたいという心理はあながち間違いではないかもしれない……。いや、でも盗聴は駄目だけど。

サリュマーナに寄り添い、夫として支えてあげられるようにならなければ。

今後は使用人やサリュマーナと、もっと対話を増やそうと反省したロンヴァイだった。


「そろそろ時間だな」

大広間にいたはずの貴族たちがバルコニーや庭園に集まっている。夜が更けるのはあっという間だ。

「いよいよ花火が上がるのですね。楽しみです！　私たちも行きましょう」

「せっかくだから、俺たちは上で見よう」

「えっ？」

ロンヴァイはサリュマーナを横抱きに抱えると、魔法で身体強化した脚でひょいと屋根の上まで駆け上がった。

花火がよく見える場所へ移動し、そっとサリュマーナを下ろす。

「まぁ、特等席ですね！」

「危ないから、俺から離れるなよ」

サリュマーナの細い腰を抱き寄せる。

庭園からは花火を待ちわびる喧騒《けんそう》が聞こえてくる。

「ロン様……もっとぎゅってしてほしいです」

甘えた表情をして上目遣いでそう言われて、ロンヴァイの心臓がギュンと握り潰された。

冷静さを欠いてはいけない……と一息、間を置く。

「……寒いか？　上着を貸そうか」

「違います」

「じゃあ、屋根の上が怖いか？」

「違います！　ロン様に包まれたいんです」

空気を含ませた頬が、まるでリスのように愛くるしい。思わずふっと笑みが溢《あふ》れて、頬の膨らみを指で押した。

「どうしたんだ、そんなに甘えて」

「………寂しかったんです」

サリュマーナの両腕が背に回される。

それに応《こた》えるように、ロンヴァイも華奢《きゃしゃ》な身体を抱きしめた。

「俺が家を留守にしている間、サリが色々と頑張っていてくれたことを使用人から聞いたよ。ありがとう。夫なのに何もしてやれなくてごめんな」

「それは私のやるべきことだから、やって当然なんです。でも……少し、心細かったの……」

無意識のうちに、抱き留めていた力が強くなる。

結婚して居住地を転々として、知り合いもいない。そんななか、サリュマーナは愚痴一つ言うことなく、ロンヴァイについてきてくれた。

何故《なぜ》毎日サリュマーナと顔を合わせていて、そんなことにも気づいてやれなかったんだろう。

「ごめん。馬鹿《ばか》な夫でごめんな……」

「私は謝ってほしいわけじゃないです」

「それでも俺が全て悪い。できるなら、時間を巻き戻したいくらいだ」

柔らかな頬に手を添える。神秘的な青緑色の瞳を見つめていると、美味しそうな唇に吸いつきたくなった。

「サリを甘やかしたい。サリの望むこと、なんでもしてやる」

「なんでも？　本当になんでもいいんですか？」

「あぁ」

サリュマーナは気恥ずかしそうに視線を逸らしたあと、小さな声で呟いた。

「キス、したいです」

「ふっ、言うと思った」

サリュマーナの顎を持ち上げ、唇を塞ぐ。久しぶりの口づけは、蜂蜜のように甘かった。

「他には？」

「ん……もっと。唇が腫れてしまうくらいキスして？」

艶のある声でおねだりされて、カッと下半身に熱が集まった。

「サリ……それは誘っているのか？」

「え、そういうつもりじゃ……」

「何度もキスしてなんて、誘惑以外のなにものでもない」

サリュマーナが胸を押して距離を取ろうとしてきた。

しかしそれを許すつもりはない。さらにグッと強く腰を引き寄せた。

「私はただ望むことを口にしただけです。ロン様が嫌なら、別にいいですっ……きゃっ！」

「危ない」

足元が滑り、転げそうになったところを背後から抱える。

「サリ、愛してる」

耳元で囁《ささや》くと、ビクンと小柄な体が揺れた。

「世界中の誰よりもサリュマーナを愛してる。知ってるだろ？」

「……っ、はい」

「サリとキスして何度も触れたら、唇だけじゃ足りなくなるに決まってる」

「……」

揃《そろ》いの耳環がついた耳朶《みみたぶ》に、ロンヴァイの唇が当たる。そこは赤く熱を帯び始めていた。

「獣みたいに盛《さか》って……と思うかもしれないけど、サリが好きだから、もっとと欲が出るんだ。どうか嫌わないでほしい」

「嫌いになんか、なるわけないです。こんなに好きなのに……」

抱き寄せる腕に力を込めると同時に、夜空に色鮮やかな光が舞った。大きな音が響くと同時に、綺麗な円形状になった光の粒が、闇に溶けていく。

きゃああっ、と歓声があちこちからあがった。

「わぁ……きれい……」

「年が明けたな」

「今年もよろしくお願いしますね」

「うん。よろしく」

自然と顔を見合わせて、そっと口づけを交わした。

すぐに花火に顔を向けようとするサリュマーナの顎を掴んで阻止する。

「んんっ、ん……、んう……！」

強引に舌を滑り込ませ、サリュマーナの口腔《こうこう》内を味わう。困惑して引っ込んでいた舌も、次第に受け入れるように絡み合った。

「んっ、はなびが……」

「見たい？　なら見てていいよ。俺が勝手にするから」

「ひゃ……！」

長い金髪を横に流し、露わになった首筋に舌を這《は》わす。ドレスをずらして肩から首、耳まで何度もなぞった。

「あ……花火、集中できな……んんっ！」

身体を震わせるサリュマーナに、どんどん夢中になっていく。

やばい、止まらなくなりそう――。

サリュマーナの肌から漂う甘ったるい香りにクラクラとして、酔いそうになる。

「ミュ……ミュウッ！　ミューウ！」

「あ……起きちゃったか」

花火の打ち上がる音で目が覚めたのか、シュリがロンヴァイの胸ポケットから出てきた。

「シュリも一緒に見れて良かったね」

「ミュウ……ッ！」

シュリはまん丸なアメジストの瞳を輝かせて花火を見つめている。その素直な反応に、くすっと笑ってしまった。

そしてあらかじめ用意してあった贈り物を手渡す。

「これ、サリに」

「えっ?! ありがとうございます。これは……魔道具ですか？」

「映写の魔道具だ」

簡単な操作を教えつつ、思い出を記録できるものだと伝えるとサリュマーナの表情が嬉々《きき》と輝いた。

「可愛いシュリの笑顔も、生意気な弟たちの泣き顔も、ユンヒさんの女神みたいな微笑みも、全部未来に残せるのですね……！ すごくすごく嬉しいです！」

「喜んでもらえてよかった。せっかくだから、花火が終わってしまう前に一度撮ってみるか？」

「はい！」

浮遊してくるくると回っているシュリを呼んで、花火を背景に魔道具を動かす。

パシャという音と共に、透明な石に情景が記録された。

「わぁ……！ とっても嬉しいです！」

まるで花開いた睡蓮《すいれん》のような笑顔を見て、幸福感で満たされていく。サリュマーナの心からの笑顔を引き出すことができて、ロンヴァイも満ち足りた気持ちになった。

あっという間に花火が終わってしまい、シュリも飽きてしまったのか再び眠りについてしまった。

「人の波が落ち着いたら、俺たちも屋敷へ戻ろう」

「はい。あの……ロン様、今日はお仕事休みですよね？」

新年を迎えた日は、国民の休日で基本的に仕事は休みである。魔法騎士団も例外ではない。

「あぁ」

「私も……なにも予定を入れてないんです」

「久々にゆっくり過ごせるな。どこか自然が綺麗な場所へでも行くか？」

「それも素敵ですが、その……」

なにか言いたげにしているサリユマーナの言葉を、ゆっくりと待つ。

「あぁ、うーん……」と何度が考えた挙句、何故か思いきり抱きつかれた。

「サリ？」

「今夜は離れたくないです……」

ごくんと生唾を飲み込んだ。深呼吸して、熱が急上昇しそうになるのを抑え込む。

サリユマーナにきっと邪《よこしま》な感情はないはずだ。だからその言葉の意味を、きちんと確認しなければ。

「あー、それは……どういう意味で？」

「…………つまり、その……誘っているという、意味で……きゃあっ!?」

サリユマーナの体を軽々と抱き上げると、屋根の上を飛んで移動する。一分一秒さえ時間が惜しい。

魔法騎士団の本部まで来ると、バルコニーから部屋の中へ入った。そこは仕事時の仮眠用に作られた部屋で、寝台があるだけのシンプルな造りだ。

「屋敷へ戻る時間すら待てない」

ロンヴァイは部屋に施錠と防音の魔法を巡らせると、荒々しく上着を脱ぎ捨てた。

サリュマーナの許可は得た。ならもう我慢する必要はない。愛する人を思う存分に愛せるのだ。

複雑な造りのドレスを丁寧に脱がせていくと、サリュマーナの手が顔面を覆った。

「その前に約束です！　ロン様は何もしないでください。もちろん、魔法も一切使ったら駄目です！」

「どうして」

「それが約束できないのなら、寝室はしばらく別にします！」

その言葉にピシリと体が硬直する。

「やっぱり俺に触れられるのが嫌なのか……」

ねちっこい発言が未だに尾を引いていて、ロンヴァイの柔《やわ》な心を傷つける。そろそろ立ち直れそうにないかもしれない……。

「ちがっ……ロン様にされるのが嫌ではなくて、私からしたいの。だってロン様にいつもされるばかりで、私もロン様のこと愛したい……」

顔を真っ赤に染めながら、声を震わすサリュマーナへ愛おしさが爆発してしまいそうだった。

はあああぁぁ……と特大の溜《た》め息をつきながら、寝台へ仰向《あおむ》けに沈む。

サリに嫌われたかと思った。……もしそうなったら、俺はきっと生きていけない……。

自分の弱さに呆《あき》れるくらい、馬鹿なくらいにサリュマーナが好きだ。ロンヴァイの人生も心臓も、全てサリュマーナが握っているといってもいいくらいだ。

「ロン様?」

サリュマーナが不思議そうにロンヴァイの肩をつつく。ロンヴァイはなんでもないと、小さく頭を振った。

「全て、サリの望むままに」

神秘的な青緑色の瞳に、格好悪い自分が映っている。

きっとこれから先も一生、愛おしい妻には敵《かな》わないだろう。

今までロンヴァイが積み上げてきたものも、今後の人生も、なにもかもをサリュマーナへ捧《ささ》げようと、ロンヴァイは決意したのだった。

あとがき

この度は『騎士団専属娼婦になって、がっつり働きます！2』をお手に取っていただき、誠にありがとうございます。

前作の続編である今作を書く機会をいただき、大変嬉しく思っております。これもひとえに応援してくださった読者さまのおかげです。心より感謝申し上げます。

今作は元々設定としてあった魔法が絡むファンタジーな世界を活かして、ドキドキ感のあるお話にしたい！　と楽しく書きあげました。実は『ヒロインに甘える可愛いヒーロー』が今作の裏テーマとしてありました。魔法騎士となり、新たな力を手にしたロンヴァイたちですが、したたかな妻の前ではただの男性だということを実感させられる……そんな平和で愛の溢れた世界を、少しでもお伝えできていたら幸いです。

最後に、読んでくださった皆様、WEB掲載時から応援してくださった皆様、書籍化に伴い尽力してくださった担当様、校正様、素晴らしいイラストを描いてくださった芦原モカ様──関わってくださったすべての皆様に感謝と愛を込めて。

鶴れり

# 騎《き》士《し》団《だん》専《せん》属《ぞく》娼《しょう》婦《ふ》になって、がっつり働《はたら》きます！2

鶴れり

2024年1月5日　初版発行

著者　鶴れり

発行者　野内雅宏

発行所　株式会社一迅社
〒160-0022 東京都新宿区新宿3-1-13　京王新宿追分ビル5F
電話　03-5312-7432(編集)
電話　03-5312-6150(販売)
発売元：株式会社講談社(講談社・一迅社)

印刷・製本　大日本印刷株式会社

DTP　株式会社三協美術

装丁　AFTERGLOW



ISBN978-4-7580-9609-6


MELISSA

●本書は「ムーンライトノベルズ」(https://mnlt.syosetu.com/)に掲載されていたものを改稿の上書籍化したものです。
●この作品はフィクションです。実際の人物・団体・事件などには関係ありません。

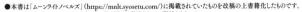